JN306944

# 御庭番宰領6

大久保智弘

時代小説

二見時代小説文庫

# 目次


一章　橋を渡る男　7
二章　浮世絵の女　25
三章　岩窟の女　53
四章　道連れの女　123
五章　うたかたの女　196
六章　仮面の女　264

# 妖花伝――御庭番宰領6

# 一章　橋を渡る男

## 一

水は重く流れていた。

旅ごしらえをした鵜飼兵馬《うかいひょうま》は、日本橋川に架けられた一石橋《いちこくばし》のほとりに立って、淡い光彩を放ってゆらゆらと波打っている水面を見つめていた。

兵馬が眺めている掘割の先には、優美な曲線を描いて、堅牢な城の石垣が聳《そび》えている。

「あれが将軍の城か」

兵馬は眩しそうに片手をかざした。

久しぶりに遠国《おんごく》御用を命じられて、しばらくは江戸を離れることになる。

誰も見送る者のいない隠密の旅だった。

「たぶんお艶《えん》も気づいてはおるまい」

ほろ苦い思いが胸をよぎった。

水妖《すいよう》となって死んだお蔦《つた》との別離も、これと似たようなものであった、と思い出されたからだ。

御用の筋とは言いながらも、情を通わした女にさえ気づかれることなく、神隠しにでも遇ったようにして、ひとり江戸を離れなければならないのだ。

因果なことだ、と兵馬は思う。

ひとたび遠国御用に出れば、いつ帰ることができるかわからない浮き草の身と言ってよい。

首尾よく潜入した領内で、大掛かりな山狩りに遭って、ついに帰らなかった隠密たちもいるという。

兵馬が御庭番宰領《さいりよう》として働いているのは、将軍に直属している倉地文左衛門《くらちぶんざえもん》から、江戸に係累を持たない浪人者で、隠密にふさわしい腕の持ち主と見込まれたからだ。

「お天道《てんと》さまの下では、まともな暮らしができないというわけか」

それは宰領をつとめる兵馬だけの縛りではなく、御庭番家筋の倉地文左衛門にしても同じことだった。

遠国御用を命じられた兵馬と倉地は、人目を避けるために、わざと別々に江戸を出て、品川の宿《しゅく》で落ち合うことになっている。

隠密の旅となれば、それを邪魔だてしようとする影の勢力も動くだろう。

江戸を出るまでは大事あるまいが、品川から先には、思わぬ剣難が待ち受けているかもしれない。

兵馬が一石橋まで足を延ばしたのは、せめて江戸の見納めに、将軍の城を見ておこうと思ったからだ。

「やはり、ここからでは見えぬか」

兵馬は嘆息した。

どこから将軍の城に近づいても、白い漆喰《しっくい》で塗り籠めた巨大な城門が、兵馬の視界を阻《はば》んでいるばかりだった。

どうやら拒《こば》まれているらしい、と兵馬は苦笑した。

たとえ城門の奥が見えたところで、それは将軍が住む巨大な城郭からすれば、ほんの一隅を垣間《かいま》見るだけにすぎない。

「どこからでも見えていながらも、近づけば近づくほど見えなくなる」

不思議な城だ、と兵馬は思う。

明暦《めいれき》の大火で焼亡してから、将軍の城は天守閣を持たない。

つまり、どこにこの巨大な城の中心があるのか、外からは窺い知ることができない仕組みになっているのだ。

江戸の町もこれと同じだ、と兵馬は思う。

この江戸という鵺《ぬえ》のような怪物に、頭から呑み込まれたような気がしたのは、そう遠い日のことではない。

「あれからどれほどの時が経つか」

とうに忘れていたはずの、悲歎に似た思いが胸をよぎる。

兵馬が弓月《ゆづき》藩を出奔《しゅっぽん》して江戸をめざしてから、すでに十八年という歳月が過ぎようとしていた。

十八年前の鵜飼兵馬は、四方を山で囲まれた小藩で剣術指南役をつとめていた。

やむを得ぬ事情から脱藩した兵馬が、孤剣を抱いて江戸に出てきたのは、おのれの剣才に対する自負があったからだ。

しかし、剣一筋で身を立てよう、などと望んでいたことは、世間知らずの田舎者が思い描いた夢でしかなかった。

そのことに気づいたときはすでに遅く、賭場《とば》の用心棒でもするより他に、日銭《ひぜに》を稼ぐすべさえなかったのだ。

すっかり気落ちした兵馬は、剣の腕を見込んでくれた倉地文左衛門に誘われるまま、御庭番宰領となって影の働きをしてきた。

「しかし、城に入ることはできなかった」

これまで兵馬に下された隠密指令は、すべてがあの城から出されたものであったはずなのに、黒い鉄鋲《てつびょう》で鎧われた頑丈な城門は、いつも固く閉ざされていて、決して兵馬を寄せ付けることはなかった。

「そして、今日もまた……」

誰にも知られることなく、隠密の旅に向かわなければならない。

「ゆく先は、東か西か」

どこへ、どのような探索におもむくのか、一介の御庭番宰領にすぎない兵馬には、まだ何も知らされてはいないのだ。

兵馬は重い流れから眼を上げて、豪壮な大名屋敷が並んでいる大名小路を見た。

甍《いらか》の波が眼にまぶしい。

兵馬を拒んでいる将軍の城は、甍の波が連なっている屋敷街の、はるか遠方に揺曳《ようえい》していた。

二

和田倉御門の東側に、龍ノ口《たつのくち》と呼ばれる石造りの水路がある。

御本丸の池泉から流れ出る城内の水は、ひとまず龍ノ口に集められ、そこから一気に内濠へ放出される。

城内の落ち水を受ける龍ノ口には、いつも淡い水煙が立ち籠めていた。

龍ノ口を守る和田倉門の東岸は、伝奏《でんそう》屋敷、御評定所が立ち並び、さらにその東には、細川越中守《ほそかわえっちゅうのかみ》の上屋敷、秋元但馬守《あきもとたじまのかみ》の上屋敷が続いている。

広大な大名小路を、南北に分けている掘割に沿って、東西にのびる石垣の小路を道《どう》三河岸《さんがし》という。

龍ノ口に落とされた城内の水は、石垣で鎧われた掘割を、東へ向かってゆっくりと流れ、大名小路の東岸にめぐらされた内濠と合流する。

東西に掘り抜かれた濠で南北に分断されている大名小路は、道三橋《どうさんばし》と銭瓶橋《ぜにがめばし》という二本の橋で繋がれている。

さらに水の流れを追ってゆくと、日本橋川と合流している内濠の両岸には、龍ノ口に架けられた銭瓶橋を挟むかたちで、常盤橋《ときわばし》御門と呉服橋御門が並んでいる。一石橋の欄干にもたれて、ぼんやりと七つの橋を眺めていた兵馬は、ふと何かを思いついたように、飴色の薄日が照り返している内濠に眼をやった。白く輝いている石垣の他には、兵馬の視界に映るものは何もない。

兵馬は思う。

「あの城の奥では、松平越中守《まつだいらえっちゅうのかみ》が政務を執っているのだ」

奥州白河藩十二万石の当主で、幕閣に招かれて溜間詰《たまりのまづめ》となり、わずか一年で老中首座に就いた松平越中守定信《さだのぶ》は、閣老入りした翌年には将軍補佐を任じられて、名実ともに幕政の実権を握った。

政権の座に就いた松平定信は、騎虎《きこ》の勢いで政事改革に取り組んでいるという。

兵馬は静養中の定信に招かれて、江戸湾に臨む白河藩下屋敷で『飛剣夢想返し』を披露したことがある。

しかし、この国の政権を握っている定信から見れば、それも私的な暇つぶしにすぎなかったようだ。

定信は公私のけじめを明確にしており、天下の政務をつかさどる将軍の城には、無名の剣術つかいにすぎない鵜飼兵馬を、一歩たりとも近づけることはなかった。

潮の匂いがする白河藩下屋敷で、静養中の定信と会見したときの印象から、

「頭の切れすぎる為政者は危険だ」

と兵馬は思っている。

「越中守は妙に自信ありげであったが、はたしてその自信が、天下の御政道のためには、吉と出るか凶と出るか」

まだいずれとも、答えは出ていない。

ひょっとしたら、と兵馬は思わないでもない。

これから行かなければならない遠国御用も、定信の施政とかかわりのあることなのかもしれなかった。

隠密の旅におもむく前に、そのことを確かめてみようと思ったのだが、隠密の末端にすぎない御庭番宰領の思惑など、はじめから無視されるに決まっている。

無駄なことだ。

兵馬は気を変えて、掘割を流れる水のゆくえに眼を移した。

一石橋に立って、東西南北を眺めれば、東に日本橋、江戸橋、西に銭瓶橋、道三橋、北に常盤橋、南に呉服橋、鍛冶橋《かじばし》と、交互に並んでいる七つの橋を、一望のもとに見

わたすことができる。

　この七橋に、兵馬の立っている一石橋を加えて、江戸の八橋《やつはし》と洒落《しゃれ》たのは、『伊勢物語』に出てくる歌枕《うたまくら》、三河国の八橋にあやかった江戸っ子の心意気だろうが、水辺に杜若《かきつばた》の咲く三河の八橋とくらべれば、一石橋から見る江戸の八橋の方が、はるかに規模は壮大であろう。

　物見高い江戸っ子たちは、今日も一石橋の上に群がって、十文字に交叉する流れに架けられた八橋の眺めを楽しんでいるらしい。

　ちょっとした景色を見つけては、たちまち人寄せの名所旧跡にしてしまうのが、江戸っ子の習性《ならいしょう》とも言えるだろう。

「ほら、あれが銭瓶橋だ。そもそも銭瓶と呼ばれる由来ってえのは、この橋をわたしたとき、ずっしりと銭の入った瓶が掘り出されたからだってえことだぜ」

「そいつぁ豪勢な話だが、おいらの聞いたのは別な謂《い》われさ。昔この橋の端に、永楽銭《えいらくせん》の引き替え所があったからじゃあねえのかい」

　それぞれ勝手なことを言っていたが、どこかの隠居らしい茶筅髷《ちゃせんまげ》の老人が、いかにも知った風なことを言って、物見高いひま人どもを煙に巻いている。

「やれやれ、どうやらお若い人は、この橋の謂われを知らぬとみえるな。昔この地にて、銭を売るもの市を立て、日ごとに両替せしに、後には銭売りども多くなりければ、たがいに渡世のためになるまじとて、仲間を定めて銭を売ったという。そもそもこれが銭座の始まり、株仲間の始まりと言われておる。よってその頃は、銭買い橋と言ったのじゃ。それがいつしかカイをカメと訛《なま》って、銭瓶橋と呼ばれるようになったのが、そのまま誤って伝えられているわけで、正しくは銭買い橋と言うべきであろう」

へぇー、そんなもんですかい、と若いひま人どもは、冷やかし半分に感心してみせる。

隠居は満足そうに、えへん、と空咳《からぜき》をして、

「しからば、一石橋のいわれはごぞんじかな」

ひまを持てあましている隠居のまわりには、いつのまにか黒山の人だかりができている。

「もったいぶらずに教えてくれねえかい」

わいわい連のひま人たちが、痺れを切らしたように合いの手を入れると、

「なにもそのようにせくことではない」

隠居は得々として語りだした。

これを一石橋と呼ぶのは、この橋を挟んだ南北の河岸に、金座の後藤庄三郎《ごとうしょうざぶろう》と、

呉服商の後藤縫殿助《ぬいのすけ》が大きな店舗を構えていたので、このあたりをゴトウ、ゴトウと呼び習わしていたのが、いつか五斗、五斗《ごと》と訛るようになり、五斗に五斗を合わせて一石、それでこの橋を一石橋と名づけたのだという。

江戸は橋の街だ、と兵馬は思う。

縦横にめぐらされた掘割によって、小島のように分断されている街と街は、いずれも大小の橋で繋がれている。

江戸の街を歩くとは、街の数だけ橋を渡るということだ。

その橋のひとつひとつが、それぞれの小さな物語を持っていると言ってよい。

橋をめぐる逸話は古いものとは限らない。

あるいは昨日、あるいは今日、新たにつくり出されてゆく伝説もあるかもしれない。

橋を渡るとはそういうことだ、と兵馬は思った。

どこかで誰かが橋を渡るたびに、また新たなる逸話が生まれ、それは伝説のようにして語り伝えられてゆくだろう。

水の流れは重い。

いつまで眺めていてもしかたあるまい、と思った兵馬は、日本橋川の河岸に沿って、ゆっくりと歩を運んだ。

## 三

一石橋から二丁ほど東へ戻れば日本橋に出る。

お江戸日本橋は、長さおよそ四十三間、一石橋と同じ川筋に架けられているゆるやかな反り橋だった。

このあたり一帯は、江戸一番の繁華な街として知られ、大木戸がある南橋詰めに高札が立てられている。

橋の欄干を飾っている擬宝珠《ぎぼし》の銘に『万治《まんじ》元年戊戌《つちのえいぬ》九月造立』と刻まれているから、この橋は慶長八年に架けられたものではなく、いまから百三十二年前に再建されたものであろう。

これを日本橋と呼ぶのは、弓なりに反り返っている橋上に立てば、東海から朝日が昇る壮麗な景色を見ることができるからだという。

それゆえに『日の本の橋』と呼ばれるようになり、それをつづめて『日本橋』となった。

日本橋は江戸市街の中央に位置し、東海道、中山道、奥州街道、日光街道、水戸街道は、いずれもこの橋を起点にして里程が定められている。

橋の往来は殷賑《いんしん》をきわめ、貴となく賤となく、たがいの影を踏み、袖を摺り合わせて、せわしげに通り過ぎる。

滔々と水が流れる橋の下には、ピチピチした鮮魚を運ぶ無数の舟が、ひしめき合うようにして河面を埋めている。

小舟を漕ぐ男たちの威勢よい掛け声が、波立ち揺れる川面に響きわたる。

にぎやかに揺曳しているのは、明け方に江戸湾内で獲った鮮魚を、日本橋河岸にある魚市へ運び込んでいる漁師たちの舟だ。

「文武、文武と騒ぎ立て、倹約、節約、事業仕分けと、口うるさく暮らしに介入する越中守の施政も、この活気に満ちた魚市の賑わいまでを如何《いかん》ともできまい」

将軍補佐となって幕政に乗り出した松平定信は、先任の田沼意次《たぬまおきつぐ》の息がかかっていた政敵たちを次々と罷免すると、間髪《かんはつ》を入れず、奢侈《しゃし》禁止令を出して、市中の風紀を取り締まっている。

およそ数十万人が餓死した、といわれる天明《てんめい》の大飢饉に、領内から一人の犠牲者も出さなかった奥州白河藩主松平越中守定信は、多くの人々から嘱望されて、政権の座に就いたはずだった。

それが蓋を開けてみれば、

世の中に
蚊ほどうるさきものはなし
ぶんぶ（文武）といふて
夜もねられず

と市井《しせい》の狂歌師から皮肉られるような、禁令ずくめの小うるさい政策にすぎなかった。

名君の善政を期待していた江戸っ子たちは、このなりゆきに戸惑って、街頭からは笑い声が消えたと言われている。

貧乏浪人と一目でわかる兵馬までが、目付きの卑しい木《こ》っ端《ぱ》役人から、華美に過ぎる、と咎められるお粗末さに、思わず失笑せざるを得なかった。

さらに念が入ったことに、善政を施しているつもりの御老中は、世の孝行者、奇特な者を顕彰するため、諸藩に『書き出し』の提出を命じたという。

よけいなお世話だ、と兵馬は思う。

越中守は『名君』の評判だけでは飽きたらず、新《あら》たなる『美談』をつくり出そうとしているのか。

老中のお声掛かりともなれば、その権勢におもねようとして、手柄顔に『美談』を持ち込んでくる手合いも出てくるだろう。

うさん臭い『美談』などをでっち上げれば、白河藩に餓死者を出さなかったという『名君』の評判までがうさん臭くなる。

しかもその『美談』は、お上《かみ》の締め付けを正当化するための、格好な口実として使われかねない。

奢侈禁止令は市中の暮らしにとどまらず、遊里、芝居、茶屋女、湯女《ゆな》などにまで及び、江戸っ子のイキな遊びや気晴らしは、ことごとく禁じられてしまった。

「あの越中守のやりそうなことだが、すこし度が過ぎているのではないか」

と兵馬は思っている。

海に面した白河藩の下屋敷で、静養中の定信から酒肴を振る舞われた日のことが、いまさらのように思い出される。

「たしかに思い込みの激しい困った御仁ではあったが、それほど融通の利かない男とも見えなかった」

あるいは私事を離れて政事にかかわれば、穏当なはずの人柄までが変わってしまうものなのか。

「しかし、それだけではないだろう」

将軍補佐となった定信がクシャミをすれば、それはたちまち増幅され、あるいは歪《わい》曲《きょく》されて、役人どもに伝えられる。

定信の意向と称するものが、幕府の役人どもに下ろされる度に、しだいに大袈裟なものになってゆくのは、飼い主に尾を振る犬の習性と同じだろう。

はじめは穏やかだった法令が厳しくなり、ただの思いつきにすぎないことが、曲げることのできない掟となって、それにかかわる人々を縛り付ける。

すると忠義面をした下っ端役人どもが、暗愚な上役どもの意を迎えようと、故意に歪曲された『お上の意向』を振りまわすのだ。

そうなれば、すべてにわたって歯止めも抑制も利かなくなる。

小心で臆病な輩《やから》ほど、おのれの保身のためには、どれほど卑怯なことでも、平気でやってのけるようになる。

ずいぶん窮屈なことになったものだ、と兵馬は思う。

世の中が暗くなったように思われるのは、理不尽な上役に阿諛追従《あゆついしょう》することを、立身出世の術《すべ》と心得る卑劣な連中が、わがもの顔に跋扈《ばっこ》するようになったからだろう。

このような風潮が世にはびこるのは、性急に改革を推し進めようとしている越中守の手法が、どこかまちがっているからではないだろうか。

それにしても、了見の狭い奴らの横暴ぶりが、目にあまるようになった。

「許し難い」

むらむらと沸き立つ思いが兵馬にはある。

「それにしても……」

皮肉なものだ、と苦笑せざるを得ない。

世の風潮に憤《いきどお》っている兵馬は、将軍家の隠密指令を受けて、これから遠国御用に出かけようとしている御庭番宰領だった。

ひょっとしたら、今回の隠密指令を出したのは将軍ではなく、将軍補佐の松平定信かもしれないではないか。

そうなれば兵馬は、おのれの思いに逆らうことのために、危険を承知で影の仕事をすることになるのだ。

今回の遠国御用は、意に反してまで働くようなことではないかもしれぬ。

ふと索漠《さくばく》とした思いに襲われそうになるが、

「ただ、あの越中守は……」

と兵馬は思い返した。

「決して愚かな男ではない」

その一点だけに、わずかな救いがあるような気がしている。

城への道は閉ざされているが、兵馬は以前ほど落胆しているわけではなかった。

権力の中枢にある越中守との懸隔《けんかく》は、思っていたより遠くはないのかもしれない。

ひょっとしたら、今回の遠国御用が、なんらかの手掛かりになるかもしれない、と兵馬は考えてみる。

あるいはそれだけが、唯一の架け橋と言えるのではないか。

あの橋を渡ろう、と兵馬は思った。

川向こうに広がる風景にも、これまでとは違ったものが見えてくるかもしれない。

# 二章　浮世絵の女

## 一

兵馬の背後から突き刺さってきたのは、いきなり匕首《あいくち》でも突き付けられたような、鋭い視線だった。

この粘りつくような感触には覚えがある。

賭場の用心棒をしていた頃、いかさま博奕の壺振りどもを、こっぴどく痛めつけたことがあった。

暴れる者は利き腕をへし折り、常習のいかさま野郎は、膝の下に押さえつけて、悪い癖を持つ手の甲を串刺しにした。

あのときは若気のいたりで、酷なことをしたものだと悔いているが、いまも兵馬に恨みを持ち、隙あらば仕返しをしようと、つけ狙っている連中がいるはずだった。

その種の手合いか、と思って、兵馬は眼もくれなかった。

落ちぶれた博徒ほど執拗になる。

そいつらに不意を襲われて、思わぬ不覚を取ったこともあるが、さほど気にするほどの相手ではない、と兵馬は思っている。

これから遠国御用に出かけようというときに、ねちねちと執念深いあの手の連中と、つまらないかかわりを持ちたくはなかった。

遠国御用に出かけるときは、江戸の地にわずかな痕跡も残さず、人知れず消えてしまうのが、御庭番宰領が取るべき身の処し方とされている。

人通りの多い日本橋で、もし刃物などを振りまわされたら、たちまち江戸市中の評判になって、これから出かける隠密御用にも差しさわりが出るだろう。

この場はそ知らぬ顔をしてやりすごすことだ、と兵馬はとっさに思い決め、うるさい奴を振り切ろうと足をはやめた。

すると、相手は兵馬の動きを察知したのか、

「ちょっと待ちねえ」

背後から焦《じ》れたような声がかかった。

「せんせえ。やっぱ、先生じゃあねえですかい。そんな格好をして、いってえ、どこへ行きなさるんで」

眼つきの鋭い、がっちりとした骨格の男が、足の踏み場もない人混みを掻き分けながら、小走りになって追いかけてきた。

兵馬はその男の顔をちらりと見ると、拍子抜けしたように、

「なんだ、駒蔵《こまぞう》ではないか。おぬしこそ、このようなところで何をしているのだ」

思わず不機嫌そうな声で応じたが、よりによって、まずい男につかまってしまったという気がしないでもない。

「あっしと知って、なにも逃げ隠れすることはねえだろう」

ようやく追い付いた駒蔵は、目明かし特有の無遠慮な眼つきで、いぶかしそうに兵馬のようすを覗っている。

「それとも、江戸に住めねえ事情でも、できたんですかい」

駒蔵は獰猛《どうもう》そうな見かけによらず、妙なところに勘の働く男で、いつもと違った兵馬の旅支度に、何か異変を嗅ぎつけたようだった。

「はっはは。賭場の用心棒をしていた頃の、とばっちりでな」

兵馬は弁解がましく笑いながら、わざとらしく言葉尻を濁した。

花川戸の駒蔵は、お上から十手《じって》を預かる目明かしだが、以前は本所《ほんじょ》や浅草界隈の賭場で胴元を張っていた顔役で、食い詰め浪人の兵馬を用心棒に雇っていたことがある。

いわば兵馬と駒蔵の関係は、腐れ縁で結ばれている古なじみで、おたがいに裏も表も知り抜いている仲だった。

しかし……、

(表向きはしがない賭場の用心棒、裏では御庭番の宰領をしているということを、もし町方《まちかた》に繋がる駒蔵に知られたら……)

兵馬は不機嫌そうに眉をひそめた。

(ちょっとめんどうなことになるだろうな)

賭場の用心棒と御庭番宰領、どちらがどちらの隠れ蓑になっているのか、いまでは本人の兵馬にもわからなくなっている。

兵馬が宰領をつとめている御庭番伊賀者は、将軍に直属している忍びの者で、老中の支配下にある町奉行所や、諸大名を監視する大目付配下の隠密とは、別な働きをしている特殊な家筋だった。

同じ幕府の隠密といっても、老中や若年寄支配下の密偵とは、明らかに命令系統が違うのだ。

どうして江戸幕府の中に二重の間諜組織ができたのか。

ことの発端は将軍の継嗣問題にある。

早逝《そうせい》した七代将軍家継《いえつぐ》に子がなかったことから、将軍家の血脈が絶えることを憂慮した幕閣と大奥の合議によって、御三家の紀州藩から当主の吉宗《よしむね》を迎えて将軍職を継がせた。

八代将軍となった吉宗は、これまで老中や幕閣が使っていた伊賀者とは別に、紀州から連れてきた薬 込役《くすりこめやく》の側近十七人に隠密御用を命じて、独自の諜報機関を創設した。

それが『御庭番家筋十七家』で、表向きは広敷《ひろしき》から御錠 口《ごじょうぐち》まで、大奥の『七ツ口』を守る御庭番だが、その実体は将軍に直属する隠密集団だった。

紀州から入った吉宗は、老中の言いなりになって、幕閣の決裁を追認するだけの傀儡《かいらい》将軍となることを拒み、みずからの識見を幕政に反映させるやり方を選んだのだ。

そうなれば、将軍の命によって動く御庭番の働きは、老中の支配下にある町奉行や大目付と対立することもある。

将軍に直属する御庭番は、吉宗によって創設されてから、すでに七十余年を経たが、いまも幕閣や町方役人とは距離を置いた、影の働きをしているのだ。

この秘密は守られなければならない。

いくら親しい仲とはいえ、御庭番倉地文左衛門の宰領をつとめる兵馬は、町方に属している目明かしの駒蔵から、疑われるようなことは避けなければならないのだ。

兵馬は駒蔵の機先を制して、

「いつも縄張りにうるさい駒蔵親分が、持ち場の違う日本橋になんの用かな」

皮肉っぽい挨拶を返して煙に巻こうとした。

駒蔵は他人からとやかく言われることが好きではない。

「これもあっしの仕事でね」

無愛想にうそぶいた。

「足まめな駒蔵親分のことだ。おおかた、昔なじみの葵屋吉兵衛《あおいやきちべえ》に、金の無心にでも来たのであろう」

兵馬はわざと嫌味を言って、駒蔵の注意を逸らそうとする。

日本橋富沢町に大店《おおだな》を構える葵屋吉兵衛は、現金掛け値なしの呉服商を営んでいる裕福な旦那衆だ。

ただし吉兵衛は、病気としか言いようがない女好きで、いくら懲りてもこの悪癖が治らず、あるときなどは、世間の信用を失うような羽目に陥って、目明かしの駒蔵に急場を救われたことがあるらしい。

吉兵衛の弱みを握っている駒蔵は、子分どもを養う金に困ると、まるで強請《ゆす》りまがいのやり口で、小遣い銭をせびっているという噂もある。

駒蔵は薄気味の悪い顔でにやりと笑って、

「図星だ、と言いてえところだが、そいつぁ、おめえさんの料簡ちげえだ。しかし、日本橋まで足を伸ばしたのは無駄じゃあなかった。見込んだとおりの収穫はあったぜ」

妙な形に膨らんでいる懐から、奉書に似た厚い紙包みを取り出した。

「たぶん、吉兵衛のところにはあるにちげえねえ、という見当を付けて、葵屋に立ち寄ってみたのだが、それがみごとに大当たりさ。まあこれを見ねえ」

威勢よく言いかけたが、ここが繁華な日本橋と気がついたように、

「おっと、こんなところで広げたりしたら、お上から十手を預かっている身が、あやうく御法度《ごはっと》破りになっちまうところだったぜ」

出しかけた紙包みを、もういちど懐の奥にぐっと押し込んだ。

「ざっと、まあ、そんなわけさ。あっしはこれでも忙しい身だ。それじゃあ、ごめんなすって」

そう言いながらも、駒蔵はなぜか未練ありげに兵馬の後を付いてきて、なかなか離れようとはしなかった。

駒蔵は何か思惑でもあるのか、数歩後からにやにやしながら付いてくる。

兵馬は困惑した。

このまま町方の目明かしを引き連れて、倉地の待つ品川宿までゆくわけにはいかない。

どうしたものか、と兵馬は思案した。

二

上方《かみがた》に向かう旅人たちは、別れを惜しむ身内に見送られて、日本橋から二里ほど離れた東海道の品川宿まで歩いてゆく。

たいていは品川で一泊し、どんちゃん騒ぎをしてから、翌朝になって、あらためて東海道の旅に出る、という手順になっている。

日本橋の南橋詰めは、見送る者、見送られる者たちの雑踏でにぎわい、人いきれでむんむんするような広小路には、終日にわたって細かな砂塵が舞っていた。

路上に立って、人混みの頭越しに眺めていると、舞い散る砂塵で、あたりの景色がゆらゆらと揺れて見えるほどだ。

「何を考え込んでいるんですかい」

いきなり、兵馬の耳元で、聞き覚えのある胴間声《どうまごえ》が響いた。

少なくとも、数歩は離れていたはずの駒蔵が、いつのまにか同行者のような顔をして、兵馬と肩を並べている。

兵馬は迷惑そうに、

「まだ、何か用があるのか」

まるで野良犬でも追い払うように、低い声でにべもなく言った。

すると駒蔵は、えっへへ、と意味ありげに笑って、

「いくらカタブツのおめえさんでも、まんざら興味がねえわけでもあるめえ、と思いましてね」

紙包みを押し込んだ懐を、わざとらしくぽんと叩いた。

「さきほどから、わけのわからぬことを言っているが、なんのことだ」

駒蔵は勿体《もったい》ぶってにやにやすると、

「こいつは御禁制の品ですぜ、と言ったらわかりますかい」

謎かけのようなことを言って、無愛想な兵馬の気を引こうとする。

まずいな、と兵馬は舌打ちした。

日本橋の南橋詰めにある高札場から、京橋へ向かう通り一丁目に出れば、遠国御用の道筋は東海道だということが、町方の駒蔵にばれてしまう。

取りあえず、ゆく先を誤魔化《ごまか》そうと、兵馬は万町の小路を左に折れた。

そのまま真っ直ぐに東へ進めば、青物町、本材木町一丁目を通って海賊橋に出る。

海賊とは物騒な橋の名だが、潮入りの楓川《もみじがわ》に架けられている、どうということのない平凡な造りの橋だった。

これを海賊橋と呼ぶのは、楓川を挟んで東側の対岸に、家康の舟手頭をつとめた向《むか》井将監《いしょうげん》の屋敷があったからだ。

四方を海に囲まれたこの国では、海賊と呼ばれた『わたつみ族』の末裔たちが、海上の運輸にかかわってきた。

彼らは海の支配者だった。

沖に隠された急な海流や、遠浅に暗礁が眠っている危険な海域を熟知していたので、陸の領地を持つことなく、大船や小舟を浮かべて生業《なりわい》にしていた。

瀬戸内海を支配していた海賊は、瀬戸内海の島々に関所を設けて、沖ゆく荷船から関銭を取り、その代償として水先案内をつとめたりした。

しかし、海賊の本領は掠奪にあり、源平の争乱、南北朝の内乱、群雄が割拠した戦国時代など、乱世には水軍となって戦闘に加わっている。

海賊橋の由来となった向井将監忠勝《ただかつ》は、家康がまだ織田信長の傘下にあった三河時代から、徳川勢の船手頭をつとめてきた水軍の将だった。

天正八年、家康の傘下に入った向井忠勝は、徳川軍の船手頭となり、甲斐の水軍を三島浜に襲って軍船を奪った。

そのため武田家の水軍は潰滅し、信玄の跡を継いだ諏訪四郎勝頼《すわしろうかつより》は、信玄の頃から嘱望していた駿河の海を失って、山塊に囲まれた甲斐と信濃に孤立した。

これが武田家滅亡の遠因となる。

慶長《けいちょう》十九年、大坂冬の陣には、東軍の船手頭となった向井将監は、海賊大名の九《く》鬼守隆《きもりたか》とともに、徳川方の水軍を指揮し、伝法海口で敵船を捕捉して、大坂方の補給路を断った。

それからおよそ数ヶ月後に、大坂夏の陣に敗れて豊臣家は滅びた。

向井将監の海賊屋敷は、海運に便のよい楓川の河岸に、九鬼式部少輔《しきぶしょうゆう》の上屋敷と隣り合わせに並んでいたが、元禄《げんろく》二年には屋敷替えとなって他へ移った。

海賊橋の由来となった将監の屋敷跡は、区画割りして町人たちが住み着いたが、日《ひ》枝《え》山王《さんのう》神社の参詣路にあたることから、比叡山の門前町として栄えた坂本にあやかって、町名を坂本町と改めた。

いまは町内のどこを捜しても、怖ろしげな海賊屋敷の面影はなく、楓川から荷揚げされる桐材を扱っている商家や、植木職人の住む町家が軒を並べている。

海賊橋にさしかかると、駒蔵はひょいと兵馬の顔を見返して言った。

「おっと、丁度いいところへ出たぜ」

楓川に架かっている海賊橋を渡れば、東の橋詰めに番所がある。

「ここなら邪魔は入るめえ」

駒蔵はもの慣れたしぐさで、薄暗い番所の中を覗き込んで、

「すまねえが、ちょっとばかり軒先を貸してくんな」

顔なじみの番太でもいるのか、気軽に声をかけて、狭苦しそうな番所の中に入ってゆく。

「長えこと手間は取らせねえよ。こんなむさ苦しいところでござんすが、ずずいと奥までお入りなせえ」

留守を預かる番太の返事も待たず、わがもの顔に兵馬を誘うと、駒蔵は上がり框《かまち》に

どっかりと胡座《あぐら》をかいて、懐の奥に仕舞い込んでいた紙包みを取り出した。

「こういった物が出まわっているんで、あっしらには休む暇もねえんでさ」

摺り切れて毛羽立った黄ばんだ畳の上に、どさりと投げ出された紙包みから、眼をあざむくような強烈な色彩があふれ出た。

三

極彩色の浮世絵だった。

ほとんどの絵は、ほぼ同一の趣向で、半裸になって秘所を露わにした男と女が、あられもない姿で絡み合っている交歓図だった。

そこには地獄絵とも極楽絵図ともつかない、不思議な世界が広がっている。

「下手《へた》な冗談だな。御禁制の品などと言うから、何が出てくるのかと思えば、どこにでも転がっているような春画ではないか」

兵馬が興味なさそうに眼をそらすと、

「まあそう言わずに、よっく見ねえ。こいつは、まちげえなく御禁制の品ですぜ」

駒蔵は不満そうに鼻を鳴らした。

兵馬は知らなかったが、実はこの十月に幕府から御触書《おふれがき》が出て、

『書物《かきもの》の儀、前々より厳しく申し渡し候ところ、
いつになく猥《みだ》りに相成り候。
何に寄らず行事《こうじ》改め候て、
絵本、絵草紙類までも風俗の為に相成らず、
猥りがましき事、勿論無用に候』

これに背《そむ》く輩があれば、容赦なく摘発するよう、老中から町奉行所に厳命が下り、猥りがましい風俗を取り締まるために、江戸中の目明かしが駆り出されて、市中を隈なく見廻っているのだという。

駒蔵は憤然とした口調で、

「大きな声じゃあ言えねえが、はた迷惑な話だぜ。こっちの身にもなってみねえ。足を棒のようにして歩きまわっても、べつに手当が出るわけじゃなし。それこそ、骨折り損のくたびれもうけ、というものさ。猥りがましきことは、この世にあふれているぜ。いくら取り締まってもキリはあるめえ」

十手を預かる目明かしの身で、お上のやり口に文句を言っている。駒蔵は地声を隠せない性分の男だから、いくら声をひそめたつもりでも、番太の耳に聞こえないはずはない。

「なぁんも、聞こえちゃぁ、いませんぜ」

番太はわざとらしく、なんでもよく聞こえそうな大耳を、節くれ立った手で覆っている。

「ついでにおめえの両眼も、見えねえように塞いでおくんだな」

駒蔵は気にも留めず、顔なじみの番太に憎まれ口を叩きながら、

「とは言っても、この御触書には抜け穴があって……、

『一枚絵の類は絵のみに候はば、
大概は苦しからず、
尤も言葉がき等これあり候はば、
よくよく是を改め、
いかがなる品は板行すまじく候』

と書かれているんでさ。一枚摺りの浮世絵なら、これまでどおりでかまわねえ、みだらなセリフの付いた絵は、当たり障りのねえ文言に書き改めりゃあいいが、いかがわしい絵を版木に摺っちゃあならねえ、と言うんだから、これじゃあ取り締まる方がややこしくなる。折帖《おりちょう》仕立ての贅沢な錦絵でなけりゃ、お上もこれを見逃すんだとよ。だが、そうなりゃあそうなったで、網の目をくぐるようにして、御禁制のあぶな絵を密売する連中が出てくるのよ」

駒蔵はクドクドと愚痴をこぼしながら、あざやかな色彩と、巧みな描線で飾られた浮世絵を、乱暴な手つきで兵馬の前に広げて見せた。

「こういった色っぽい錦絵は、お上が禁止すればするほど、欲しがる連中が増えるのよ。やつらは色事となりゃあ銭金を惜しまねえ。お上の御触書が出てからは、これまでの数倍という高値で取り引きされているっていう話だぜ。むろん御禁制の品だ、こういった浮世絵を草紙屋《そうしや》に置いて、店《たな》売りすることは許されねえ。そうなりゃ、敵もおとなしく引き下がっちゃあいねえや。ひそかに闇の売人を使って売りさばく、という御法度破りの商売が、まかり通るというわけだ」

駒蔵はその中から、とりわけ綺麗に刷られている一枚を取りあげて、

「まあ、そんなこたあどうでもいいが、この絵をとっくりと見てくだせえ。何か心当

たりはありませんかい」

兵馬の顔色を覗うようにして、意味ありげに笑った。

駒蔵が陽焼け畳の上に広げて見せたのは、あぶな絵と呼ばれている春画ではない。背景を省《はぶ》いたすっきりとした画面に、なまめかしい女の上半身だけを描いた、大首絵と呼ばれる新しい画法だった。

そこに描かれているのは、湯あがり後に夕涼みでもしているのか、これ見よがしに肌をさらした年増《としま》女で、大阪の紙面に刷られた妖艶な姿態と、むっちりした白い肌は、思わず触ってみたくなるほど色っぽかった。

大胆で気っぷのよさそうな女の顔には、どこか見覚えがあるような気もしたが、兵馬はすぐにその妄想をしりぞけた。

それよりも絵師の妙技に眼を奪われたのだ。

駒蔵が御禁制の品と言ったのは、どうやらこの絵の技法にかかわることらしい。

涼しげに肌をさらしている女の裸身は、巧みな描線と大胆な色づかいによって、まばゆいほどに輝いている。

「これは驚いた。まるで羽衣《はごろも》を脱いだ天女の肌を見るようではないか」

いくら色事にうとい兵馬でも、匂い立つような女を描いた浮世絵師の、並々ならぬ画力を認めないわけにはいかない。

「こいつは雲母《きら》摺りという新工夫の刷り物で、お上の倹約令にそぐわねえ贅沢な代物《しろもの》さ。だが、あっしの言いてえのは、そんなことじゃあねえ」

駒蔵は焦れったそうに鼻を鳴らした。

うながされて、兵馬はもう一度じっくりとその絵を見た。

「女の色っぽさを際立たせているのは、背景に摺り込まれた雲母の輝きだけではない。柔らかな描線は、筆の跡を感じさせないほど細くしなやかで、しかも凛《りん》とした強さがあり、筆の運びには無駄がない。きっと腕のよい絵師の手になるものであろう」

だが……、と兵馬はいぶかしそうに首をかしげた。

斬新な手法で描かれている大首絵のどこを捜してみても、絵師の名はおろか、版元《はんもと》さえ印《しる》されていないのだ。

「これほどの絵に、絵師の名が入っていないのは何故なのか」

駒蔵はしたり顔をして、

「隠さなきゃあならねえ理由があるのさ」

いまさら説明するまでもねえことだぜ、と面倒くさそうに言った。

雲母摺りの浮世絵が、御触書に違反していることは、板下職人に版木を彫らせる前から、絵師や版元にはわかっていたに違いない。

はじめから御法度破りを覚悟して、草紙屋の店《たな》に置かず、闇の売人を使って売りさばこうという魂胆だったのだ。

「ふてえ奴らだ。こいつはお上に対する挑発だぜ」

駒蔵はガラにもないことを言って、向かっ腹を立てている。

「それにしても、これほどの腕を持つ絵師が、闇の売人に頼らなければ、まともに画料を稼ぐこともできぬのか」

兵馬は、なぜか身につまされるような気がして、すぐれた腕を持ちながら、闇の世界に生きなければならない無名の絵師に同情していた。

四

駒蔵は脇道に逸れた話をもとに戻して、

「おっと、そんなこたあ、どうでもいい。わざわざ番所まで来てもらったのは、おめえさんに聞いてみてえことがあるからだ。ここに描かれている色っぽい年増女に、どこか心当たりはござんせんかい」

駒蔵からそう言われてみれば、先ほど追いしりぞけた妄想が気になった。

「近頃の浮世絵は、歌舞伎芝居の役者絵より、市井《しせい》の美女を描くことが流行《はや》っているそうだが、案外この絵に描かれた色年増も、どこかの裏町に住んでいる顔なじみの女なのかもしれぬな」

ふと思いついたことを口にすると、駒蔵は急に身を乗り出して、

「それだっ」

と叫んで、性急に畳みかけてきた。

「しかも、先生がよく知っていなさる女ですぜ」

先ほど脳裏に浮かんだ女の面影は、ただの妄想ではなかったのかもしれない。

兵馬は口ごもりながら、

「実は、この絵をひと目見たときから、お艶に似ていると思っていたのだが、まさか……」

わざと冗談めかして言ってみた。

「そのまさかですぜ」

駒蔵は意地悪そうな眼をしてニヤリと笑った。

「始末屋のお艶といえば、素っ裸になって啖呵《たんか》を切ることで評判になった女だ。この

手の浮世絵に描かれても不思議じゃあねえ」

「しかし、近頃は、お艶が人前で裸になるようなことは、なかったはずだが……」

兵馬がいぶかしげに首をひねると、駒蔵はもどかしそうに、

「そりゃ、あたりめえの話ですぜ。これまで女の身ひとつで突っ張ってきたが、いまは先生という後ろ楯ができたんだ。素っ裸になって啖呵を切らなきゃならねえような、切羽《せっぱ》詰まった目に遭うことはなくなったんでさ」

お艶は甲州路地などの私娼街で、遊客や女郎たちが持ち込んでくる面倒ないざこざを、綺麗さっぱりと始末している女俠客《きょうかく》だった。

ときには利権がらみの凶悪な連中に、無理難題を吹きかけられることもあるという。そうなれば女だてらに、修羅場を演じなければならないこともあったはずだ。

「お艶は先生に眼を付けたのさ」

始末屋の背後には、凄腕の用心棒がいるとわかれば、お艶の仲裁に文句を言うごろつきどもはいなくなる。

駒蔵は皮肉っぽく嗤《わら》った。

「先生が居着くようになって、始末屋お艶は上機嫌さ」

これまで賭場の用心棒として、博徒たちに睨みを利かせてきた兵馬が、いつのまに

か女郎相手の始末屋に鞍替えしてしまったことを、駒蔵は不満に思っているらしい。

「まあ、お艶の機嫌がいいのは、それだけじゃあねえが……」

駒蔵はうらやましそうに舌を鳴らした。

「それは違う」

兵馬は首をふった。

「世話になっているのはこちらの方だ」

それとなく感じているお艶の好意を、受け入れてやれない痛みが兵馬にはある。

駒蔵はそれと察して、憐れむように言った。

「まあ、あっしから見れば、これまで凄腕の用心棒として鳴らしてきたおめえさんが、始末屋お艶に取り込まれてからは、ずいぶん丸くなっちまったもんだと、ちょっと物足りねえ思いもありますがね」

始末屋お艶の世話になって、荒っぽい稼業から遠離《とおざか》ってしまった兵馬が、駒蔵には牙を抜かれた狼のように見えるらしい。

兵馬は苦笑した。

「時の流れがそうさせるのだ。鋭気が衰えたわけではない」

もはや剣の時代ではない、という痛切な思いが、やり場のない怒りとなって、賭場の用心棒という荒っぽい稼業に追い立てたのだ。

それも若気のいたりであった。陋巷《ろうこう》に身を沈めるようになってから、ようやく見えてきた剣の極みは、過ぎてゆく時の流れとは別のものだ、といまでは思っている。

「そう思っているうちが花ですぜ」

皮肉っぽく嗤《わら》ったが、駒蔵は時の流れを読めない男ではない。

御法度破りの隠れ賭場を開いて、浅草界隈で顔を売っていた博徒の親分が、いまは一転して、お上から十手を預かる目明かしに鞍替えしているのだ。

いかにも駒蔵らしい身の処し方だ、と兵馬は思う。

いわば取り締まられる側から、取り締まる側になっただけの話で、駒蔵のやっていることはこれまでと変わりがなかった。

五

駒蔵はだんだん苛々《いらいら》した口ぶりになって、

「おめえさんの相手をしていると、どうも話が逸れちまっていけねえ。いいですかい。

雲母摺りにされた浮世絵の女が、素っ裸になって啖呵を切っているお艶だってえことは、誰が見たって一目瞭然じゃあござんせんか。このことは好き者たちのあいだでは、かなり評判になっているらしい。知らねえのは先生くれえのものですぜ」

兵馬の鈍感さに呆れ返ったような言い方をする。

「それほど出まわっているのか」

浮世絵の流行など兵馬は知らない。

まして好事家《こうずか》を狙った闇の取り引きとなれば、御触書に触れるような贅沢好みの錦絵が、貧乏な兵馬の眼に触れるはずはなかった。

しょうがねえな、とぼやきながら、駒蔵はくどくどと説明を始めた。

「あんな恐ろしい女のどこがいいか知らねえが、お艶の人気は半端じゃあねえ。始末屋に居着いてしまった先生のおかげで、お艶の裸を拝むことができなくなった連中が、鵜の目鷹の目でこの絵を買いあさっているってえ話ですぜ。あっしが目星を付けた葵屋吉兵衛ときたら、おなじ絵を七枚も隠し持っていたんでさ」

駒蔵は御触書の威光を借りて、吉兵衛が蒐集《しゅうしゅう》していた秘蔵のあぶな絵を、すべて吐き出させたらしかった。

駒蔵のような岡っ引きの身分では、上役の町方同心と一緒でなければ、町家に踏み込むことは許されない。

縄張りにうるさい駒蔵が、わざわざ日本橋まで足を運んだのは、昔なじみの葵屋吉兵衛の店なら、気軽に敷居を跨げると踏んだからだ。

駒蔵の腹黒い魂胆も知らず、うかうかと秘密の奥座敷まで通してしまった吉兵衛は、とんだ貧乏くじを引いてしまったわけだ。

「女道楽には眼のねえ吉兵衛のことだ、春画の蒐集には熱心だろう。そう思って水を向けると、やっこさんはすぐに乗ってきて、これは秘蔵の品ですが、と言って自慢そうに見せびらかした春画の中に、お艶の大首絵が混じっていたというわけさ」

「いくら女好きの葵屋吉兵衛でも、日本橋に大店を構えている旦那衆が、場末の南本所に住んでいるお艶などを知るはずはあるまい」

「あっしもそう思っていたんですがね。さすがに蛇《じゃ》の道は蛇とやら。吉兵衛は雲母摺りに描かれたお艶の大首絵を見て、すぐにピンときたと言っていましたぜ」

「まさか……」

兵馬はあいた口がふさがらない。

駒蔵も呆れたように、

「吉兵衛は無類の女好きだ。美女や淫女の評判なら、どんなことでも見逃さない、と自慢していましたぜ」

さすがに大店の旦那だけあって、女あさりにかける吉兵衛の執念は、かなり常軌を逸していると言ってよい。

そこで、と駒蔵は得意げに鼻をこすった。

「あっしもきたねえ手を使ったものさ。好き者の吉兵衛をおだて上げて、闇で蒐集したという春画を座敷いっぱいに並べさせてから、実はこの十月に御触書が出て、こういったみだりがましい絵は御禁制になったのだ、へたをすれば家産を没収されることになるかもしれねえ、と親切に教えてやったんでさ」

まんまと吉兵衛を欺《だま》したのだ。

「なにが親切なものか。古いなじみを陥れるようなことをすれば、そのうちにきっと天罰が下るぞ」

兵馬が渋い顔をしてたしなめると、駒蔵は何が気に障ったのか、憤然として胸を反らせた。

「おっと、見損なっちゃあいけねえよ。はばかりながら、あっしの狙いはそんなちっぽけなところにゃあねえ」

いつもの癖で大きく出たが、それには目明かしの矜持《きょうじ》というよりも、どうやら内輪の事情があるらしい。

「昔なじみの吉兵衛をお縄になどすれば、あっしは大事な金蔓を失うことになる。そうなりゃ、子分どもを養うこともできなくなるんだぜ」

駒蔵が金に汚いと言われるのは、賭場の胴元をしていた頃の子分たちを、いまも面倒を見ているからだった。

腕利きの目明かしと言われている駒蔵は、昔ながらの子分たちに小銭をばらまいて、捕り方や聞き込みに使っているのだ。

これも世のため人のため、というのが駒蔵の言い分だった。

てめえの欲のために、小ぎたねえ銭を掻き集めている連中とはわけが違う、と駒蔵はいつも自慢げに吹聴《ふいちょう》している。

「きたねえ手を使って吉兵衛を脅したのは、闇の世界に出まわっている御法度破りの浮世絵を、金持ちの旦那衆が、どうやって手に入れているかを知るためさ。素直に言えば見逃してやる、と誘いをかけると、見るも気の毒なほど蒼白になっていた吉兵衛は、何もかもペラペラと喋ってくれたぜ。おまけに御禁制となった贅沢な春画まで、こうして手土産がわりに持たせてくれたというわけだ。こうみえても、あっしは大店の旦那衆から感謝されているんですぜ」

つまり駒蔵としては、葵屋吉兵衛の罪状を未然にもみ消してやったわけで、番屋の破れ畳に広げられた極彩色の春画は、無理やり没収したものではないらしい。

「その中の一枚に、お艶の大首絵が混じっていたというわけよ。あっしはすぐにピンときたね。浮世絵の女が評判のお艶と知って、吉兵衛は闇の売人を通して買いあさったのさ。同じ絵を七枚も集めていたのを見ても、お艶への執心ぶりは大抵じゃあねえ」

しかし、春画の入手経路は吉兵衛から聞き出したものの、闇の売人については謎のままだという。

「こういった調べは、そう簡単にはいかねえとわかっていたさ」

駒蔵は底意地の悪い笑みを浮かべると、

「それよりも気をつけた方がいい。おめえさんがマゴマゴしているあいだに、あの色っぽいお艶姐さんは、金持ちの吉兵衛旦那に籠絡されてしまいますぜ」

兵馬をけしかけるような嫌味を言った。

# 三章　岩窟の女

## 一

鵜飼兵馬が品川の宿《しゅく》へ着いた頃には、つるべ落としに陽は落ちて、潮の匂いがする海辺の街は、すでにぼんやりとした薄墨色に染められていた。

宵闇の中に沈んでゆく街に、ぽつりぽつりと灯火がともる。

街角を照らす辻行燈《あんどん》や、軒先に吊られた釣り灯籠の淡い光が、陽に焼け塵埃《じんあい》にまみれた旅人たちの姿を、遠い影絵模様のように映し出した。

旅籠《はたご》や休み茶屋が軒を連ねている街道筋は、旅人たちを呼び込む客引きの声にあふれて、宿場のにぎわいは江戸の街にも劣らなかった。

色をひさぐ女たちの、遊客を誘う鼠鳴《ねずな》きの声が、なぜか哀しげに飛び交う小路を、兵馬は二階屋の窓辺を見上げながら、のんびりと歩いていった。

遠国御用に出かける隠密が、品川に定まった宿《やど》を取らないのは、当然の心得と言ってよいだろう。

倉地もそのあたりは心得て、顔見知りとの遭遇を避けたり、旅籠屋に顔を覚えられない用心に、不便は承知で頻繁に宿替えをしているらしい。

今夜はどの旅籠に泊まるのか、兵馬は知らされていなかった。

しかし倉地とは示し合わせた合図がある。

倉地が泊まる宿の櫺子《れんじ》窓には、青海波《せいがいは》を染め抜いた紺地の手拭いが垂らしてあるはずだった。

およそ三百余軒ある旅籠街から、倉地が泊まっている宿を捜すのは、かなり難儀なことには違いない。

だが、これも旅の面白さと心得て、迷路にも似た旅籠街の散策を、楽しんでいるようなところが兵馬にはある。

「お泊まりなんし」

「お宿はこちらになさいませ」

「もしもしそこの旦那さん、今夜はうちへお泊まりなんし」

黄色い声をかけてくる女たちが、以前に比べてどこか遠慮がちに見えるのは、たぶん宿場ごとに幕府の御触書が廻っていて、旅人の袖をとらえて無理やり引きずり込むような強引な客引きは、禁じられているからに違いない。

たそがれ色に染められた街道に沿って、にぎやかな旅籠街を三分の一ほど歩いたところで、兵馬はふと足を止めた。

あやうく見逃してしまいそうな、どうということのない平凡な旅籠だった。

二階の檽子窓をよく見ると、生ぬるい浜風に吹かれた青海波の手拭いが、兵馬を招くかのようにはたはたとゆれている。

目印の手拭いに違いない。

兵馬は物ぐさそうな懐《ふところ》手《で》のまま、軒の暖簾《のれん》をはらりと分けて、倉地が泊まっているはずの旅籠屋へ入った。

小さな旅籠では人手が足りないのか、泊まり客への応対もぎこちなかった。

「この二階に拙者の連れがいるはずだが……」

兵馬が言い終わらないうちに、これまで仏頂《ぶっちょう》面《づら》をしていた番頭は急に愛想よく笑って、

「お待ちかねでございますよ。これ、お客さまをご案内しておくれ」

赤い襷《たすき》をした小娘が駆け寄って、上がり框に腰掛けた兵馬の足を洗った。

生ぬるい湯桶に両足を浸けていると、

(また旅に出るのか)

というやるせない流浪の思いが、湯煙と一緒に立ちのぼってくるような気がした。

(この匂い)

それはなつかしく、しかも、ほろ苦さの混じった旅の匂いだった。

「よく旅をなさるのですか」

うつむいて兵馬の足を洗っていた小娘が、まだ幼さの残る顔を上げて、なれなれしく声をかけた。

「そう見えるかな」

「お客さん、丈夫そうな足をしていますもの」

兵馬は無邪気そうに言う小娘の声に、ふと旅情を誘われたかのように呟いた。

「旅か……」

脱藩してから何年になるか。

いまも兵馬にはゆくえ定まる場所がない。

江戸の暮らしもまた旅の空だった。

こうして流れ去る日々も、また旅と言えば旅であって、いわば人生の半ばを、このような旅にすごしてきたようなものだ、と兵馬は思っている。

「これを旅というならば……」

言いかけて、兵馬は不意に口ごもった。

寂寞《せきばく》とした思いが胸をよぎる。

浮き草の暮らしには、慣れているはずではなかったか。

それなのに、軽い痛みを伴うこの思いはなんだろうか。

「こちらでございます」

小娘に案内されて、兵馬は薄暗い旅籠の奥へ入った。

狭い梯子段をのぼりきった突き当たりに、町人や百姓たちが雑魚寝《ざこね》する大部屋があり、その奥に連なっている八畳ほどの小部屋が、武家用の上座敷になっているらしい。

忍び旅に出た密偵は、心して人目に付かないよう動きながらも、その一方では、世間に流布している風聞を探るために、庶人との触れ合いを怠ってはならないのだ。

いつものことで、兵馬は大部屋で雑魚寝する覚悟をしていたが、赤い襷を掛けた頬の紅い小娘は、襖で仕切られた奥の間に兵馬を導くと、どうぞごゆっくり、と言って丁寧に三つ指を突いた。

どうやら倉地は、格式の高い武家として遇されているらしい。

これは異例なことだった。

御庭番が遠国御用に出るときは、幕府隠密という素性を隠すために、行商人や飴売り、あるいは虚無僧《こむそう》など、思い思いに姿を変える。

御庭番家筋の倉地文左衛門も、あるときは遊び人に変装したり、物売り姿に身をやつしたりしたこともあるが、兵馬を専属の宰領にしてからは、あえて姿を変えることをしなくなった。

どこへ忍んで行くときでも、兵馬はいつも浪人姿で押し通すので、同行する倉地だけが変装しても、かえってちぐはぐになってしまうからだ。

御庭番家筋十七家を継承する倉地文左衛門が、食い詰め浪人の鵜飼兵馬を宰領にしているのは、たまたま目撃した剣の腕を見込んだからで、人目をあざむく変装や、道中師めいた世間智を当てにしているわけではない。

倉地は剣の腕を買ったのだ。

そもそものいきさつからして、兵馬は宰領らしからぬ宰領と言えるかもしれない。

宰領の兵馬が浪人姿で押し通すなら、あえて武士であることを隠す必要はない、と居直っているところが倉地にはある。

兵馬はなんとなく納得した。

雑多な旅人を泊める場末の旅籠では、よほど格式の高い武家でなければ、床の間付きの部屋になど通されることはない。

さぞや威風堂々と乗り込んだのであろう。

そう思って襖を開けると、倉地はだらしなく大股を開いたまま、敷物もない畳の上に寝転がって、太平楽にも大鼾《おおいびき》をかいていた。

寝乱れた着物の裾は、股ぐらのあたりまで捲《まく》れあがり、剝き出しになった褌《ふんどし》の脇から、毛むくじゃらの睾丸《ふぐり》がはみ出している。

遠国御用を命じられた御庭番は、隠密旅に出るときには、これまでとは別人のようになって、身辺にも細心の注意を怠らない。

危険に対する嗅覚は、通常よりも鋭くなると言われている。

それなのに、と兵馬は呆れ返って物も言えない。

これほど気の抜けた倉地の姿を見たのは、長いこと宰領をつとめてきた兵馬にも、初めての経験だった。

いぎたない倉地の寝姿に、宿の小娘がぷっと噴き出しそうになるのを横目に見て、兵馬は後ろ手でそっと襖を閉めた。

おのずから忍び足になっている。

するとと、薄闇の中から押し殺したような低い声が洩れて、

「遅かったではないか」

大鼾をかいて眠っていたはずの倉地が、切れ長の眼をぱっちりと見開いていた。

「他ならぬおぬしが、約束した刻限に遅れるはずはない。途中なにかあったのではないかと案じていたぞ」

「何もござらぬ」

まさか、春画を見せられて手間取った、とは言えなかった。

「そうか」

倉地はゆっくりと起き上がると、はみ出していた睾丸を褌の中に収め、乱れた裾を掻きあわせながら、照れ隠しのように笑った。

「まあ、気楽にいこうではないか。このたびの御用は、それほど差し迫ったものではない。いわば物見遊山に出かけるようなものだ」

それで気の抜けた格好をして、だらしなく寝くたれていたのかと思ったが、倉地がこのような言い方をするときは、かえって厄介な旅になるのではないか、という気がしないでもない。

「仔細は明日だ」

倉地はいつもの御庭番らしい顔に戻っていたが、先ほど見たあのだらしない寝姿は、故意なのか、気のゆるみなのか、兵馬にはわからなかった。

久しぶりの遠国御用に出た倉地が、故意に睾丸を褌からはみ出させて、いぎたなく寝たふりをしていたとすれば、ひょっとして隠密に隠密が付くという、容易ならざる事態になっているのかもしれない。

二

翌朝はまだ薄暗いうちに宿を出た。

品川の海は暗く波打っていたが、東の沖合は燃えるように明るかった。

「ゆうべは何も言わなかったが……」

繁華な品川宿を出て、浜川という鄙《ひな》びた漁師町に入ったとき、これまで押し黙っていた倉地が苦笑しながら言った。

「あの宿は危なかった。どうやらわしの身分を知っているようで、何も言わないうちから、床の間付きの奥座敷に通されたのだ」

ついうっかりと、あの宿に泊まる羽目になってしまったが、あれは居着きとなって、町方の密偵をつとめている旅籠だったようだ、と倉地は低い声で言った。

「それで、わざと睾丸を出して……」

兵馬は呆れたように問い返した。

あのだらしない格好は、旅籠の連中を油断させるために、倉地がとっさに思いついた苦肉の策であったらしい。

「しかし、どうやら見破られていたようだがな」

倉地はまた苦笑した。

「これからの道中は、剣呑《けんのん》なことになりそうですな」

物見遊山どころではないだろう、と兵馬は思ったが、

「その心配はあるまい。町方はわれらの便宜を図ってくれている」

気楽な物言いとは裏腹に、苦々しげな顔をして倉地は言った。

「なぜなら……」

一息ついてから倉地は続けた。

「今回の遠国御用には、御老中の意向が働いているからだ」

倉地が御老中と言うときは、兵馬も面識のある越中守定信を指していた。

天明《てんめい》七年、江戸の打ち毀《こわ》しと前後して、老中首座に就任した松平定信は、その翌年には将軍補佐となって幕政の全権を握っている。

そのうえ、奥州白河藩を建てなおして自信たっぷりの定信は、御庭番十七家を創設した八代将軍の孫にあたるのだ。

つまり、と倉地は声をひそめて言った。

「われら御庭の者にとってみれば、御老中は紀州以来の主筋であり、その越中守さまから隠密御用を命じられたら、あの方が補佐されている将軍家の御意志と同じ重みを持つ。それを拒むことはできないのだ」

老中や若年寄の支配下にある町奉行所と、将軍に直属する御庭番の働きが、八代将軍吉宗の孫によって統括されることになったわけだ。

倉地の話を聞いているうちに、兵馬は奥州と江戸を結ぶ不吉な符合に気づいた。

これは今回が初めてのことではない。

越中守は密偵を使うことに慣れているのだ。

奥州白河藩の領民から、蛇蝎《だかつ》のように忌み嫌われていたという影同心、赤沼三樹三《あかぬまみきさぶ》郎《ろう》と青垣清十郎《あおがきせいじゅうろう》の悲惨な最期が、いまも兵馬の脳裏にこびりついている。

全国でおよそ九百万人余が犠牲になった天明の大飢饉に、奥州白河藩の領内では一人の餓死者も出さなかったという。

定信が老中首座に招かれたのは、領内統治の実績があるからだった。

しかしその裏には、ひそかに闇から闇へと葬られた、どす黒い秘密があるような気がしてならない。

「今回の遠国御用は……」

倉地はやっと本題を切り出した。

「大坂の堂島《どうじま》に西国大名の蔵屋敷を訪ねて、諸藩の動勢をさぐることにある」

どうやら蔵米の相場にかかわることらしい。

それを聞いた兵馬は、たじたじとなり、

「拙者には、そのような方面の才覚はござらぬ。米相場や算盤《そろばん》のことなら、なんの役にも立ちませんぞ」

うろたえるのを見て、倉地は余裕ありげに笑った。

「何も案ずることはない。大坂には河辺三郎兵衛《かわべさぶろべえ》という居着きの手先がいる。手先といっても、三郎兵衛は諸大名御用達《ごようたし》の町人で顔も広い。茶道や謡曲などの芸事をたしなんで、公家《くげ》や大名家とも懇意にしているという風流人だ」

大坂のことは、三郎兵衛の宰領にまかせればよいのだ、と倉地は気楽そうに言う。

「ならば、拙者の出る幕はありませんな」

やれやれ、これで宰領の仕事もお払い箱か、と兵馬は溜め息をついた。

「だから言ったであろう。今回の御用は物見遊山にゆくようなものさ。影の仕事はしんどいものだ。たまにはゆっくりとした旅を楽しむがよい」

のんきそうなことを言っているが、倉地は兵馬の貧窮ぶりを知っているはずだ。兵馬を遠国御用に連れ出したのは、日頃の慰労でもしているつもりらしかった。

「おぬしはどうも堅すぎていかんな」

鈴ヶ森から、不入斗《いりやまず》村をへて八幡村に出る。大森から蒲田《かまた》を通って新宿《にいしゆく》、雑敷《ぞうしき》村、六郷の船宿から、渡し舟に乗って六郷川を渡り、昼頃には川崎の宿に着いた。

川崎宿は江戸から四里半、ここから神奈川宿までは二里半、京へは百二十一里二丁あるという。

遠国御用の旅は、まだ端緒についたばかりなのに、兵馬はなぜか疲れを覚えてしかたがなかった。

役立たずの宰領と思えば妙に居心地が悪い。

「そう気に病むな。おぬしの剣が役に立つこともあるさ」

倉地は慰めるように言った。

「まあ、そうならぬことを望んではおるが」

神奈川、保土ヶ谷、戸塚をへて、その日は藤沢宿で泊まることにした。

江戸からは十二里十二丁、本陣は前田源左衛門《まえだげんざえもん》、宿場の区域は八丁、旅籠は二百五十軒あるという。

兵馬は意外そうな顔をして言った。

「まだ日は高い。せめて大磯まで出たらどうです」

大磯なら江戸から十六里二十丁。

遠国御用の旅なら、すこしでも先を急いだ方がよい、と兵馬は思っている。

「まだ先は長い。あわてることはあるまい」

ほんとうに物見遊山のつもりなのか、倉地はいつになくのんびりしている。

「藤沢宿の近在には、遊行寺《ゆぎょうじ》もあるし諏訪明神も祀られている。お望みなら、藤沢から海に向かって一里も歩けば、江ノ島の裸弁天が拝めるぞ。せっかく近くまで来たのだ。有名な弁財天女を拝観してゆこうではないか」

しかし、のんびりした旅の気分もこの日かぎりのものになろうとは、神ならぬ身の知る由《よし》もなかった。

三

申《さる》の刻には藤沢宿へ着いた。

まだ日暮れには遠かったので、

「いっそ江ノ島まで足を伸ばしてみようではないか」

倉地は御用旅であることを忘れたかのように、呑気なことを言い出した。

「しかし、これから江ノ島に向かえば、着いた頃には日が暮れてしまいますぞ」

兵馬は気乗りがしなかった。

「そうなればなったで、江ノ島に泊まればよいではないか。遠国御用のうま味は、このようなところにあるのだ」

倉地はこともなげに笑ったが、公儀から命じられた隠密旅に、そのようなゆとりがあるはずはない。

あるいは他ならぬ倉地に、江ノ島へゆかなければならない理由があるのかもしれない。

「拙者に隠し事は無用ですぞ」

兵馬はわざと不機嫌そうな顔をして言った。

「御用の筋にも色々ある。無粋なことを言うものではない」

倉地は動じない。

「これは粋筋の話とは違いますぞ」

兵馬は失笑した。

「どうやら倉地どのは、宰領の選び方をまちがえたようですな」

皮肉な響きが伝わったらしい。

「手厳しいな」

と舌打ちしたが、急に真面目な顔になって、

「実はな……」

言いにくそうに切り出した。

「おぬしを幕臣に推挙したのだが、よい返事をもらうことはできなかった。残念なことに、御庭番宰領という影の働きでは、お偉方の目にはとまらないのだ」

倉地はくやしそうに唇を噛んだ。

「わしの力が足りなかった」

以前にもそんなことがあった、と兵馬はあのときの屈辱を鮮明に覚えている。

将軍家に直属している倉地文左衛門の推挙にもかかわらず、鵜飼兵馬の仕官は沙汰やみになったのだ。

「こんどこそ、おぬしに相応《ふさわ》しい処遇を、と思っていたのだが……」

あたら剣才を持ちながら、世に埋もれている兵馬のことを、倉地はいまも気に掛けているらしかった。

「そのことなら、もういいのです」

兵馬はかえって倉地を慰めるような言い方をした。

「拙者には、連れ添う妻もなく、養わなければならない係累もござらぬ。いたって気軽な身というわけです」

それが御庭番宰領になるための条件ではなかったか。

たとえ影の仕事とはいえ、将軍家に直属する御庭番の宰領をつとめていれば、いつかは幕臣に取り立てられるだろう、と期待したこともある。

やむを得ず弓月を脱藩したとき、国元に置き捨ててきた妻の香織《かおり》を呼び寄せて、江戸で所帯を持とうとぼんやり夢見たこともある。

だがいまは、と兵馬は思う。

食って抜けるだけの暮らしが立てば、それ以上のことを望むつもりはない。

「それを言うな。胸が痛む」

　倉地は苦笑した。

　兵馬を影の仕事に引き込んで、ただ同然の安い手当で働かせていることに、多少は負い目を感じているらしい。

「だから、江ノ島で遊ぶくらいのことは、してもよいのだ」

　冗談めかして言った。

　兵馬を気楽な旅に連れ出したのは、影の働きを背負い込ませたことへの、埋め合わせというわけか。

「そのようなことを申されて、あの御老中に知られたら、大目玉をくらうことになりますぞ」

　つい皮肉な口調になってしまう。

　老中首座の松平定信は、徹底して無駄や贅沢を嫌っているという。

　じりじりと悪化してゆく幕府の財政を建て直すには、無駄な出費を抑える以外に方法がない、と思っているらしい。

　閣僚の頂点に立った定信は、不退転の決意を以て幕政に臨んでいるという。

　それが危ない、と兵馬は思う。

定信から拝領した『小田原相州綱廣《そうしゅうつなひろ》』は、鹿島新当流の継承者、小田半之丞《おだはんのじょう》との果たし合いで、鍔元《つばもと》三寸のところから折れてしまった。

兵馬の差し料『そぼろ助廣《すけひろ》』を見て、大坂物の新刀は折れやすい、実戦で鍛えられた古刀に替えるがよい、と相州伝の『伊勢大掾綱廣《たいじょう》』を土産にくれた定信の好意を、いささかも疑っているわけではない。

しかし、ただの一撃で折れてしまうような刀剣を、ただ相州伝の古刀というだけで、ありがたがっていた定信への不信感は拭いがたい。

松平越中守は、たしかに切れ者で自信たっぷりだが、下々《しもじも》の事情にうとい、頭でっかちな男ではないのか、と兵馬は疑っている。

越中守が推し進めている政事とやらも、あの小田原相州『伊勢大掾綱廣』のように、途中からぽっきりと折れてしまうのではないか。

硬すぎる刃鋼は折れる、柔らかければ曲がる。

刀剣も政事も同じようなものだ、と兵馬は思って、なぜか憂鬱にならざるを得なかった。

鍔元から折れてしまった小田原相州の一件で、越中守の正体を見てしまったような気がしたのだ。

「とにかく江ノ島まで行ってみよう」

倉地は兵馬の返事も待たず、海岸へ向かう砂まじりの路に踏み出していた。

どういうつもりなのか、倉地は渋い声で謡曲を唸《うな》りだした。

東路《あづま》も
そなたの空にゆく雲の
そなたの空にゆく雲の
影も涼しき鳰《にお》の海
はるけき旅を駿河なる
富士の高嶺の月影も
いく山々に移り来し
相模の国に著《つ》きにけり
相模の国に著きにけり

曲はもちろん『江島《えのしま》』で、ちょっと耳障りな節まわしもあるが、聞きにくいという
ほど下手《へた》ではない。

それでも路ゆく旅人たちは避けて通る。

腰に両刀を帯びた二人連れが、なにやら唸りながら通り過ぎるので、狂人ではないかと危惧したのだろう。

さても相模の国江野《えの》と云ふ浦に

去んぬる卯月十日あまりに

不思議の奇瑞さまざまあって

海上《かいしやう》に一つの島涌出《ゆじゆつ》す

すなはち江野になぞらへて

これを江ノ島と号す

島の雲上《うんしやう》に天女あらはれ給ふ

これ弁財天影向《やうがう》の地にて

福寿円満の霊地なれば……

江ノ島の海に向かって歩きながら、兵馬もしかたなく声を合わせて、倉地と一緒に謡曲『江島』を唱和した。

こうなれば、毒くらわば皿まで、という捨て鉢めいた気分になっている。

　島つ鳥
　浮海《うきみる》松涼し波の上
　有明残る朝ぼらけ
　波もて立つや夏衣《なつごろも》
　うらぶれ渡る沖つ風……

風が香る。

潮の匂いが濃くなったのだ。

海鳴りの音が近づくにつれて、遠い海上に優美な裾野を引く富士山が、西空を背景にくっきりと見えてくる。

山頂は半透明の彩雲に包まれ、裾野は淡い紅色に染まっていた。

「赤富士か。東海道は明日も好天らしいな」

倉地は気分よさそうに背伸びをした。

「それよりも今日のことです。すでに夕刻は近い。富士山が夕陽に赤く染まれば、潮の流れも変わりますぞ」

　このまま日暮れて満ち潮になれば、江ノ島に渡ることはできなくなる。

四

　白い砂浜は波に洗われ、鏡面のように黒く光っている。

　岸辺を照り返す海の光はしだいに薄れて、熟れた鬼灯《ほおづき》に似た赤い夕陽が、遠い波頭の果てに没しようとしていた。

　波は荒い。

　すでに満ち潮が始まっているのだ。

　夕刻が迫るにつれて、岸辺に打ち寄せる波はしだいに激しくなり、かろうじて江ノ島に繋がっている細長い砂州《さす》は、いまにも潮の流れに呑み込まれそうになっている。

「なんとか間に合いそうだな」

　倉地は勢いよく砂州に踏み込んだ。

　満ち潮に洗われている海の中道を、一気に駆け抜けるつもりらしい。

「およしなせえ」

栄螺《さざえ》の壺焼きを売っていた老人が、屋台を片づけていた手を休めて、無謀な男たちを呼び止めた。

「途中で波に呑まれてしまいますぜ」

倉地は見向きもせず、

「その前に渡るのだ」

荒波の中に踏み入ろうとする。

この土地のことを知らない頑固者とみて、壺焼き屋の老人はおどしにかかった。

「先日もそう言って、無理に渡ろうとしたお人もござらっしゃったが、島に繋がっている中道の途中で、横合いから襲ってきた荒波にさらわれ、たちまち海に呑まれてゆくえ知れずさ。その数日後には、見るも無惨な土左衛門となって、ここから一里先の浜辺に打ち上げられておりましたぜ」

兵馬は潮の流れを見ていた。

ぶつかり合う波と波は、左右から海の中道を削っている。

兵馬はすばやく波の動きを見て取った。

潮目が変わっている。

砂州が潮の流れを分けているのだ。

「島に繋がっている海の中道は、波と波とが打ち消しあって、潮目の変わるところにできた砂州でござる。さらに潮が満ちてくれば潮目も消え、砂州は海中に没しますが、いまなら渡って渡れぬこともござるまい」

「ならば急ごう」

倉地は潮に洗われている砂州を駆けた。

兵馬もしかたなく後を追った。

「無茶なことをする人たちだ」

壺焼き売りの老人は、やはり安否が気になるらしく、光の薄れた岸辺に立ったまま、満ち潮の砂州に駆け入った二人連れを見送っている。

砂州に打ち寄せる波は荒かったが、兵馬の言うとおり、波と波はたがいに打ち消しあって、海流の破壊力は分散している。

左右から襲いかかってくる波しぶきにも、さほど危険は感じられない。

「おぬしは山国の生まれと聞いていたが、潮目を読むこともできるのか」

倉地には意外だったらしい。

「浪々の身が長ければ、いらぬ世間智がつくのです」

まるで他人事《ひとごと》のように兵馬は言った。

「それも御庭番宰領としては拾いものよ」

倉地の言い方には、どこか実感がこもっている。

「つまらない知見が増えれば、それだけ人間が濁ってゆくのです」

兵馬としては、失われてしまったものの方が惜しい気がする。

小賢《こざか》しい世間智などというものは、知らずにすめばそれにこしたことはない。

「しかし、隠密御用に出たときは、その濁りこそが頼りになるのだ」

兵馬と組んで影の御用をつとめている倉地の実感だろう。

「因果なお役目、と言うべきでしょうな」

陽が落ちて波が高くなった。

光を失った海面は薄墨色に沈んでいる。

倉地は息を呑んだ。

「見るがよい。途中から海の中道が消えている。このままでは、われらは波間に取り残されてしまうぞ」

満ち潮が砂州を覆っていた。

わずかに繋がっていた島への道は、途中から潮の流れに断ち切られている。

「あわてることはござらぬ。打ち寄せる波に足を取られぬよう、しっかりと砂地を踏みしめておられよ」

　宵闇が迫っていた。

　どどっと押し寄せた高波が、すっと引くと、濡れた砂州が剝き出しになる。

「いまでござる」

　打ち寄せる波と波の間合いを拾って、二人は濡れた砂州の上を走り抜けた。

「腰を落とし、両足を踏ん張って、波の勢いに堪えるのです」

　大波が襲ってきた。

　両脚を踏みしめて潮の流れに堪える。

　波頭が砕ける。

　全身がずぶ濡れになっていた。

　潮が引く。

　足の裏から大量の砂が削られてゆく。

　白濁した波の裂け目から、濡れて黒光りした砂州があらわれる。

「さあ、走って」

　兵馬の声に合わせて倉地も駆ける。

「もう一息でござる」

また波が寄せる。

二人は足を踏ん張り、たがいに手を取りあって身を沈める。

打ち寄せる波が頭上を越える。

「これでは泳いだ方がよかったかな」

まだ冗談を言う余裕があった。

引き潮で波が割れた隙間から、岩のような砂州があらわれる。

「これで抜けられるぞ」

暮れた海辺に夜が迫るのは早い。

闇は孤島を覆っていた。

五

江ノ島には数軒の宿坊があって、潮に濡れた着物を乾かすことができた。

「それにしても無茶をなさる。先日も土左衛門が出たばかりですよ」

旅籠の主人は呆れ返っている。

「まったく馬鹿な奴がいたものさ」

倉地はよそごとのように言いながら、潮に濡れた袖を絞っている。

「どなたさまのことで、ござんしょうね」

つい皮肉な応酬になってしまう。

「さっそくだが真水を所望したい」

兵馬は潮に浸かった刀剣の手入れをしようと思ったのだが、旅籠の女中は湯飲み茶碗に井戸の水を入れて差し出した。

「いや、拙者が飲むのではない。盥《たらい》に水を張ってもらいたいのだ」

真水を満たした大盥が持ち込まれると、兵馬は腰の『そぼろ助廣』を抜いて刀身をあらためた。

薄闇の中で鋭利な抜き身がギラリと光る。

兵馬の脳裏に凄まじい闘いの記憶がよみがえってくる。

この刀で最後に斬った微塵流《みじんりゆう》の遣い手、影同心と呼ばれていた赤沼三樹三郎のことが、兵馬はいまも気になっている。

あの男は死に場所を捜していたのだ。

そのような相手を、斬らざるを得なかった後味の悪さが、いつまでも後を引いているのだろう。

妖気ただよう剣鬼から、真剣の立ち合いを挑まれたこともあった。

あるいは、闘わなければならない義理もないのに、やむを得ず刃《やいば》を合わせたこともある。

いずれの斬り合いも、紙一重の差で命を拾ったようなものだ、と兵馬は思っている。闘いの凄まじさを語るかのように、刀身には数ヶ所の刃こぼれが残っているが、兵馬は手なれた差し料を研ぎに出すことを嫌って、いまも摂州初代助廣が鍛えたときと変わらない、うぶの太刀姿を保っている。

そぼろ助廣を腰に帯びれば、丹念に鍛えられた刃鋼はずっしりと重いが、鞘を払って敵に対すれば、まるで身体の一部になったかのように軽く感じる。

切っ先から中心《なかご》に至る刀身の比重や、切っ先が地を摺らない二尺三寸の長さ、九分五厘という反りの具合など、ほどよく均衡が取れていて無駄がないからだ。

兵馬の工夫になる『飛剣夢想崩し』は、無外流で鍛えた兵馬の俊敏な動きと、この『そぼろ助廣』とが一体化することで、初めて生み出された秘技と言える。

刃こぼれした『そぼろ助廣』を研ぎに出せば、刀身の身幅は狭くなって、一瞬に肉と骨を切り裂くために必要な重さを失い、兵馬の手になれてきた微妙な均衡が崩れてしまう。

そうなれば、兵馬の『秘剣夢想崩し』もこの世から消える。

この剣で幾たびか死地を脱してきた兵馬にしてみれば、刃こぼれも栄誉のうち、と言うべきだろう。

行燈の薄明かりに照らし出された『そぼろ助廣』からは、血を吸った刀が持つ言いしれぬ凄味が伝わってくる。

たまたまそこに居あわせた宿の女中が、

「キャッ」

と叫んで思わず身を引いた。

「これは失礼した」

兵馬は低い声で女に詫びながらも、抜き身の刀から眼を離さなかった。

くり返して真水で洗い、白絹に包まれた打ち粉をまぶし、よく揉んだ懐紙で拭ってみても、刀身から血糊《ちのり》の跡が消えることはない。

見た目にはほとんどわからないが、兵馬が刀身を凝視すれば、血痕は刀剣の地肌と溶けあって、薄い皮膜のような鈍い光を放っているような気がする。

刃こぼれした刀身を見るたびに、死者の記憶がよみがえるのだ。

もし手入れを怠れば、そこから屍体の脂《あぶら》のような薄錆《うすさび》が浮いてくるだろう。

「さしあたっては今日の始末だ」

潮に濡れた刀身は、真水で塩分を洗い落とし、揉み紙でそっと拭いをかけ、全体に薄く丁字油《ちょうじあぶら》を引いておかなければ、やがて黴《かび》のような錆が生じて、生来の斬れ味を失ってしまう。

「さいわいにも、刀身は潮に濡れることはなかったが……」

兵馬は呟くように言った。

刀身が鞘から抜け落ちないのは、銀《しろがね》造りのハバキと、水牛の角で縁取られた鞘口が、寸分の隙もないように調整されているからだ。

ハバキは刀身と柄《つか》を固定させる金具で、中心《なかご》と刀身の境目、いわゆる鍔元にきっちりと嵌《は》め込まれている。

ほとんどのハバキは、二重構造になっており、芯の部分は銅製だが、その上から薄い銀の延べ板が被せられている。

銅と銀という異質な金属を貼りあわせ、そこにわずかな隙間を作ることで、鞘口の滑りを防ぐ細工がほどこされているわけだ。

銅製のハバキを覆っている薄い銀板には、わずかな膨らみがつけられている。

そのため、柔らかな銀板に覆われたハバキが鞘口できつく締められ、刀身は鞘の内部に密閉された状態になる。

つまり、刀身が鞘から抜け落ちないのは、銀細工のハバキによって、鞘の中に密封されているからなのだ。

腕のよい銀師《しろがねし》が作ったハバキは、寸分の隙もなく鞘口に密着して、わずかな湿気の侵入も許さない。

兵馬の差し料が潮に濡れなかったのは、『そぼろ助廣』の拵《こしらえ》を作った鞘師と銀師が、丹念な職人仕事をしていたからだろう。

「さすがにおぬしの差し料だけあって、鞘は潮にひたっても、刀身までが濡れることはなかったようだな」

倉地は日頃の心掛けをほめた。

貧しても刀剣の手入れを怠らないのは、武芸者の心得というものだろう。

「あれほどの高潮をあびたのです。柄糸《つかいと》は濡れ、目釘も湿っている。このまま放っておけば、中心《なかご》まで湿気がまわり、やがてはそこから錆が生じる、と思った方がよいでしょうな」

兵馬は目釘を抜いた。

柄頭《つかがしら》まで潮しぶきで湿っているので、目釘は水を吸って膨張し、容易に抜くことはできなかったが、笄《こうがい》の先で軽く突くと、ポンと軽い音がして膝に落ちた。

「よい色をした目釘だな。まるで象牙のような深い艶がある」

倉地は濡れた着物を乾かしながら、刀剣の手入れをする兵馬の所作を見ている。

「象牙や水牛の角で作られた目釘もありますが、あれは景気のよかった元禄の頃、富貴を誇る大坂商人どもの好みから始まったもので、あまり感心しませんな」

名のある刀匠によって鍛えられた刀剣でも、刃鋼の材質が鉄であるかぎり、手入れを怠れば錆を生ずる。

そのため、ふだんから手入れしやすいように、刀身とハバキ、鍔と柄《つか》は、それぞれ別作りで、ただ一本の目釘によって繋がれている。

つまり目釘を抜くだけで、いつでも刀剣を分解することができるわけだ。

しかし命をかけた闘いのさなかに、もし目釘が抜け落ちたり、折れたりすれば、刀剣はたちまちバラバラになって、武器としての用をなさなくなる。

敵と闘うときには、目釘が抜けないよう湿りをくれるが、象牙や角では濡らしても膨張することはないので、どうしても刀身の締めが甘くなる。

だから目釘は竹にかぎる、と兵馬は思っている。

それも寒中に採取した三年竹で、粘り気と強靭さを兼ねた緻密な材質を選び、これを三年にわたって陰干しする。

　すると竹材は象牙のような光沢を帯び、まるで金属か石のような硬い質感を持つようになるが、こうして作られた目釘は、湿りをくれれば締まりを増して、抜け落ちたり折れるようなことはない。

「そう言われては面目ないが、実はわしの目釘も水牛の角なのだ」

　宿の浴衣に着替えた倉地は、兵馬と一緒に差し料の手入れを始めた。

「やはり潮が入っているようだ」

　倉地は水牛の角で作られた目釘を抜いた。

　中心《なかご》が水を吸ってわずかに曇っている。

「潮に濡れたというほどではないが、これでは研ぎに出さずばなるまいて」

　いささか気落ちしたように倉地は言った。

「わざわざ研ぎに出すこともござるまい。潮に濡れた刀身を、真水で洗い落とせばすむことです」

　兵馬は盥に張られた水に刀身を浸した。

　軽く拭いをかけた『そぼろ助廣』は、みごとなまでに水を弾いて、盥から出して一振りすれば、刀身にはわずかな水滴もとどまらない。

倉地は潮に濡れた差し料を真水で洗いながら、

「どうやら鞘の中まで潮が入っているらしい。これも新しく造り直さねばなるまいのう」

いまになって、悪戯が過ぎたことを悔やんでいるらしい。

「なにもそこまでせずとも、鞘の中を真水で洗って、火で乾かせば支障はござるまい」

兵馬は呆れて言い返したが、将軍家に直属している御庭番家筋の倉地と、浪々の暮らしをしている兵馬では、些細なことでも金銭感覚に違いがあるらしい。

「しかし、このような事故でもなければ、刀の拵《こしらえ》を造り変える口実もないのでな。いまの刀装にはそろそろ飽きがきておるのだ」

老中首座の松平定信が、放漫な幕政を改めようと、奢侈を禁ずる御触書を出したばかりなのに、将軍家直参の倉地文左衛門は、たいして役にも立たない刀装などを趣味にしているらしい。

いずれも口実にすぎない、と兵馬は思う。

日々の暮らしについては、あれほど吝《しわ》いことを言う定信も、武具の備えに金銭を使うことは、むしろ奨励さえしているのだ。

いいかげん阿呆くさくなって、兵馬は懐紙で丁寧に拭いをかけた『そぼろ助廣』に、薄く丁字油を引いている。

「ところで……」

潮に濡れた刀の手入れをしながら、倉地はまたしても呑気なことを言い出した。

「これから江ノ島の岩窟を見物しようではないか」

気まぐれが過ぎるではないか、と兵馬は倉地のふざけた思いつきに辟易《へきえき》している。

「もう夜でござるぞ」

倉地は動じない。

「われらには夜も昼もない」

隠密御用の心得を説いているのか、と思って聞いていると、

「迷路のように入り組んだ岩窟へ入るには、昼間でも炬火《たいまつ》を焚かねばならぬという。いずれにしても同じことさ。闇夜の岩窟めぐりも面白かろう」

どこまではぐらかしているのか。

江戸前の洒脱とは無縁な暮らしをしている兵馬に、倉地の真意がどこにあるのか、わかるはずはない。

「勝手にされよ」

# 六

海嘯《かいしょう》は荒く厳しい。

ごつごつした屛風岩を登り詰めると、これまで遠鳴りのように聞こえていた潮騒の音が、にわかに荒々しい響きとなって耳朶《じだ》を襲った。

「悪いことは申しません。こんな闇夜になってから、洞窟に入るのはおやめなされ。岸辺の岩棚に潮が満ちると、岩窟の中まで荒波が走ることがあります。そうなれば、どこにも逃げ場はありませんぞ」

旅籠屋の主人が止めるのを振りきり、

「それもまた一興かな」

不敵にうそぶいて宿を出てきたが、真っ暗な外海から打ち寄せてくる白い波頭は、思っていた以上に荒々しかった。

倉地は旅籠の番頭に無理を言って、まるで山賊が夜盗でも働くときのような、仰々しい炬火《きょか》を借りてきたが、いくら激しく燃えていても松明《たいまつ》は松明、高波に襲われたらひとたまりもあるまい。

「謡曲『江島』によれば、相模国江野の浦にほど近い海上に、不思議の奇瑞あらわれて、海中より島が涌出《ゆうしゅつ》したのは、欽明《きんめい》天皇の御代、卯月《うづき》十日の頃という。いまからおよそ千二三百年ほど前のことか」

倉地は物知り顔に言った。

「曲の冒頭に、『治まる折りを江ノ島や、治まる折りを江ノ島や、動かぬ国ぞ久しき』と謡い始めるあれですな」

兵馬は仕方なく応じた。

もし謡曲に語られている由来が正しければ、江ノ島が海中から涌出したのは、百済《くだら》から仏教が伝えられ、その教えを受け入れるか否かをめぐって、蘇我《そが》氏と物部《もののべ》氏が争っていた頃のことになる。

江ノ島の涌出を聞いた天皇は、さっそく勅使を遣わされた。

「いまわれらの立っているこの場所で、勅使はたまたま遭遇したこの土地の漁師に、江ノ島涌出のようすを尋ねたという。そのとき語られた海人《あま》の説明が、謡曲『江島』として伝えられているのだ」

倉地は荒波の響きに抗するように、大声を張り上げて謡曲を唸ったが、打ち寄せる波の響きに掻き消されて、はっきりと聞き取ることはできなかった。

そもそもこの島は
欽明天皇十三年
卯月十二日戌《いぬ》の刻より
同じく二十三日辰《たつ》の刻に至るまで
江野南海湖水港の口に
雲霞《うんか》暗く蔽ひて
天水紛紜《ふんうん》たり
大地震動すること十日にあまれり

日にちや時刻が、細かなところまで記憶されているのは、どのような伝承に基づいているのか、この種の古記録としては真に迫っている。

倉地の声は、寄せくる波の音に打ち消され、切れ切れにしか聞こえてこなかったが、兵馬はそこに謡われている『江島』の章句を思い出すことができた。

海中から江ノ島が涌出する、という凄まじい天変地異が、あたかもそれを間近から見ていたかのように、微に入り細にわたって伝えられている。

とばかり有りて天女雲上に現はれ
童子左右に侍《はべ》り
もろもろの天衆龍神
水火雷電
山神鬼魅《さんじんきみ》
夜叉羅刹《やしゃらせつ》
雲上より盤石を下し
海底より塊砂《くわいしゃ》を噴き出す
かいかいたる雷《いかづち》の光
せいくを萬天の間に飛ばし
霹靂帛《へきれきはく》を裂くがごとし
波浪金を湧かすに似たり

暗雲は低くたれ込み、大地が激しく震動し、海水は波高く沸き立ち、暗く掻き曇った空から巨石が落下し、海底から噴出した土砂が、突如として海上に噴き上げ、黒雲に蔽われた空には、凄まじく雷光が飛び交い、恐ろしい雷鳴があたり一帯に鳴り響き、荒れ狂う波浪の勢いは、鉄火の煮えたぎる溶鉱炉のようであったという。

宕巌《とうがん》多く浮かめ出《い》だし
夜叉鬼神島を作る
あるいは鐵杖《てつじょう》をもって裂き破る
または二つの岩を押し合わせ
又は一つの石を峙《そばだ》てたり
とりどりに島を作り給へば
梵天帝釈四大天王
上界の天人
下界の竜神
残らずここに現はれ給ひ
おのおの是を衛護《えご》し給ふ

大地の揺れは凄まじく、海中から大岩が浮き上がり、岩と岩は折り重なって島となり、凄まじい落雷が岩を砕き、荒れ狂う波頭は岩塊を押し流し、あるいは二つの岩を寄せ合い、あるいは岩盤を揺り動かして、奇岩を屹立させる、という激震があったらしい。

その後《のち》
靄雲《あいうん》収まりて
海上に一つの島を成せり
すなはち江野《えの》になぞらへて
江野島《えのしま》とこれを申すなり

このような天変地異によって、海中から突如として涌出したのが江ノ島である、と海人は都から遣わされた勅使に説明したという。

「炬火は消した方がよろしかろう」

荒磯に寄せる白浪を見ながら兵馬は言った。

「近くを照らせば、かえって遠くまで見わたすことができなくなる。そうなれば、潮の流れを見落としてしまいますぞ」

倉地は炬火を消した。

赤い火花が闇に散って、小さな火種だけが残される。

「よりによって、足場の悪いところに来てから炬火を消せとは、おぬしも意地の悪いことを言うものよ」

倉地は苦笑した。

足元の暗がりと見えるのは、奈落に続く断崖絶壁かもしれなかった。

闇に眼が慣れるまでは、あまり動きまわらない方がよい。

「欽明天皇の遣わされた勅使は、さらに江ノ島のことを知りたがり、地元の海人に尋ねるのでしたな」

星明かりを頼りに崖を下りながら、兵馬は江ノ島に寄り道した倉地の真意を読み取ろうとしていた。

「さよう。海人はこのように語るのだ」

倉地は性懲りもなく、また謡曲の続きを唸りだした。

そもそも江ノ島と云っぱ

そのめぐれること三十余町

その高きこと数十余丈なり
水は山の影を含み
山は水の心に任せたり

岩棚に下りた。

星明かりの下に輝いているのは、岩棚のくぼみに取り残された海水だろう。

沖から押し寄せてくる高波は、岩壁に激突して白いしぶきをあげ、砕け散った白い波は、黒い岩棚の上を、無数の白蛇のように這いまわっている。

「ここから洞窟に入る」

ほとんど垂直に切り立つ岩壁が、視野も定まらない暗闇の中に聳えている。

倉地は岩の裂け目に入った。

洞窟に入れば夜目は利かない。

兵馬は大急ぎで炬火《とも》を点した。

白雲の破るる所に
洞門ひらけて翠屏《すいびょう》現れたり

岩窟の奥はるかに入って
峨々たる巌《いわお》の間《はざま》より
落ち来る水は西天《せいてん》の
無熱池《むねっち》の池水《ちすい》なるとかや

謡曲を唸る倉地の声が、耳を聾するような大音響となって跳ね返ってくる。

倉地は岩窟の中に入ったらしい。

兵馬は炬火を掻きたてて、暗い足元を照らした。

しっとりと濡れている岩床は、なめし革のように滑らかで、激しく燃えさかる炬火の明かりを、薄ぼんやりと照らし返している。

「謡曲では……」

暗い洞窟の中で喋る倉地の声が、二重三重の谺《こだま》を呼んで、ほとんど聞き取れないほどガンガンと響きわたった。

「勅使が物を尋ねた海人は、五つの頭を持つ龍神の化身で、夜半にはその正体をあらわして、勅使の前で舞い遊ぶ。この洞窟は弁財天の顕現の地、また五頭龍のすみかとも言われている。そもそもこの五頭龍という化け物は、七百年にわたって殺生をくり返してきた、とんでもない悪神で……」

　その身ひとつにして
　その頭《かしら》五つあり
　隆準《りゅうじゅん》の鼻
　胡髯《こせん》の顎《あぎと》
　眼《まなこ》に白日をつらぬき
　身に黒雲をまつへり

「人を取り、人を食らい、災害をもたらす悪龍であったと言われている。ところが……」

倉地は声をひそめた。

洞窟に響きわたる蛮声を遠慮したらしい。

「それは景行《けいこう》天皇の御宇《ぎょう》と伝えられているが、確かなことはわからない」

　龍悪いよいよ盛んなれば

人みな石窟に隠れ住み、
涕哭《ていこく》の声かぎりなし
ときに天部（弁財天女）は龍に向ひ
汝が悪心を 飜《ひるがえ》し
殺生をとどめ
この国の守護神とならば
夫婦の語らひを我なすべしと
堅く誓約し給へば
龍王もこれに応じつつ
いまより殺害をとどめて
善心を思ひ
龍《たつ》の口の明神となり給ひ
国土を守護し給ふなり

「邪神変じて善神となり、国難変じて守護神を得た、という謡曲『江島』の一席だが、聞くところによると、七百年にわたって人を取り、人を食らってきた五頭龍と、夫婦の語らいをした弁財天女が、江ノ島の胎内とも言うべきこの岩屋に、いまも裸弁天として祀られているという」

どこで聞いたのか、そんなとぼけた俗説を、倉地は物知り顔に講釈する。

「その裸弁天を拝もうと、このような夜中にわざわざ洞窟を訪れるとは、まことに恐れ入ったる酔狂と申すもの。まさか倉地どのが、これほどもの好きなお方とは、いまの今まで気がつきませんでしたな」

軽く混ぜ返すように兵馬は言った。

「もの好きでもなんでもよいが、人々に災難をもたらす悪龍と、すすんで夫婦の契りを結んだという弁財天女は、何を考えていたのであろうかと気になってな」

倉地は相変わらず空とぼけている。

「それを確かめるために、この岩屋まで参ったと申されるか」

兵馬は念を押した。

「笑うな。火がゆれる」

倉地が言った。

「おぬしは弁財天女に逢いたいとは思わぬのか」

倉地はムキになっているらしかった。

考えてみれば、いきなり謡曲『江島』を唸りだした頃からおかしかったのだ。
「静かに！」
不意に兵馬が立ち止まった。
そのまま息を止めて耳をすませている。
波の音は低く唸りながら、洞窟の奥までも聞こえてきた。
しかし兵馬が感じ取ったのは、岩屋に響く波の音ではない。
「どうしたのだ」
倉地は声をひそめた。
「何も感じませんか」
兵馬はわずかに腰を落として、いつでも闘える身構えに入っていた。
どこに風が抜けるのか、炬火の炎がゆれている。
兵馬はその場を動かなかった。
炎がゆれる。
炬火は濡れた岩肌を照らしても、光が洞窟の奥までとどくことはない。
迷路のような洞窟は、重く垂れ込めた闇に支配されている。
何も起こりそうな気配はなかった。

「気のせいであったかもしれませんな」

しばらくしてから、低い声で兵馬は言った。

倉地はホッとしたのか、

「おぬしが何かを感じたとしたら、あるいはこの岩窟の中に、裸弁天が降臨したのかもしれぬぞ」

つまらない冗談を言って薄く笑った。

「ところで『吾妻鏡《あづまかがみ》』によれば……」

倉地はまたいらぬ蘊蓄《うんちく》を傾けだした。

「江ノ島に弁財天を勧請《かんじよう》したのは、高尾の文覚《もんがく》上人であったという」

兵馬は辟易したように、

「文覚上人といえば、伊豆の蛭ヶ小島《ひるがこじま》に流されていた兵衛佐頼朝《ひようえのすけよりとも》を焚きつけ、おごれる平家の討伐を企てた、と言われている荒法師ではござらぬか」

「さよう。源氏と平家の合戦を、搦《から》め手からけしかけたと言われている希代の怪僧だ」

倉地は『吾妻鏡』に記述されている日付をすらすらと暗唱した。

「寿永《じゆえい》元年四月五日。この日、頼朝が江ノ島に渡った、と書かれている」

その二年前の治承《ちしょう》四年、一介の流人にすぎなかった源頼朝は、平家討伐のために伊豆で挙兵し、三浦、千葉、上総、秩父、江戸などの有力な一族に助けられて、たちまち関東一円に力を伸ばし、富士川の合戦で平家の追討軍を追い返してからは、鎌倉を拠点にして勢力を蓄えていた。

この治承四年は、以仁王《もちひとおう》を擁した源三位頼政《よりまさ》、伊豆の兵衛佐頼朝、信濃の木曾義仲《きそよしなか》、甲斐の武田信義《たけだのぶよし》が次々と挙兵し、栄華を誇っていた平家一門が大混乱に陥った年だった。

さらに翌年の養和《ようわ》元年には、平家一門の柱石だった平清盛《たいらのきよもり》が頓死し、さらに悪いことに、後に『養和の大飢饉』と呼ばれる未曾有《みぞう》の旱魃《かんばつ》に襲われ、都大路だけでも四万数千人の餓死者で埋まったと言われている。

「したがって、全国的な飢餓に襲われた養和元年、次いで改元された寿永元年は、源氏も平家も合戦どころではなかったのだ。もっとも、晴れて朝敵となった頼朝は、平家が擁する安徳《あんとく》天皇を認めず、二度の改元も知らないまま、東国ではいまだに治承六年と称していたそうだが」

頼朝が江ノ島を訪れたのは、いわば休戦状態にあった寿永元年、東国では治承六年のことだという。

「文覚という怪僧は、北面の武者であった若かりし頃、人妻《つま》に横恋慕して、強引に言い寄ったが、女から良人を殺してくれと持ちかけられ、良人の身代わりになった女を、それと知らずに殺してしまった。それからは半狂乱となって荒行に励み、野に臥し、山に入り、那智《なち》の滝に身を投じても、体力がありすぎて死にきれなかった男だ」

倉地はにわかに饒舌になった。

「つまり遠藤《えんどう》武者盛遠《もりとお》と、袈裟御前《けさごぜん》の哀話ですな」

うんざりしたように兵馬は言った。

「その文覚上人が、頼朝のために江ノ島に弁財天を勧請し、この岩窟に籠もって秘儀を行ったという。このことは『吾妻鏡』に、

高尾の文覚上人、
武衛（頼朝）の御願を祈らんが為、
大弁財天をこの島に勧請し奉り、
供養法を始め行ふの間、
ことさらに以て監臨《くわんりん》せしめ給ふ。
密儀なり。

このこと鎮守府将軍藤原秀衡《ひでひら》を調伏《ちょうぶく》の為なりと云々。

と書かれている。文覚上人はこの岩窟に籠もって、頼朝のために呪詛《じゅそ》を行ったのだ。頼朝が江ノ島に参拝した寿永元年の四月五日は、後白河法皇の院旨を受けて、関東を威圧する存在となった奥州の藤原秀衡を調伏するため、文覚の密儀が始められた日かもしれぬ。

今日、
すなはち鳥居を立てられ、
その後、還《かえ》らしめ給ふ。

と『吾妻鏡』には記載されている。頼朝はこの日、弁財天の鳥居を立てるために、江ノ島まで出向いたのだ。このとき頼朝に付き従ったのは、
足利冠者《あしかがかじゃ》(義兼《よしかね》)、北条殿(時政《ときまさ》)、新田《にった》冠者(義重《よししげ》)、
畠山《はたけやま》次郎(重忠《しげただ》)、下河辺庄司《しもこうべしょうじ》(行平《ゆきひら》)、同四郎(政義《まさよし》)、

結城《ゆうき》七郎（朝光）、上総権介《かずさごんのすけ》（廣常《ひろつね》）、足立右馬允（盛長《もりなが》）、
土肥《どひ》次郎（實平《さねひら》）、宇佐美平治（實政《さねまさ》）、
佐々木太郎（定綱《さだつな》）、同三郎（盛綱《もりつな》）、
和田小太郎（義盛《よしもり》）、三浦十郎（義連《よしつら》）、
佐野太郎（忠家《ただいえ》）等、お供に候す。

とあるから、鎌倉方の有力武将を、ことごとく引き連れてきたわけだ。江ノ島弁天の御威光、如何に高かったかを知ることができよう」

倉地の長饒舌には、どこか不自然なところがある、と兵馬はふと気づいた。

それは藤沢から江ノ島に寄り道した頃から、それとなく感じていたことだが、遠国御用の途中なのに、いきなり江ノ島を見物しようと言い出したり、人目も憚らず謡曲『江島』を唸ってみたり、満ち潮に沈む海の中道を、危険を冒して渡ってみたり、闇夜に不気味な岩窟に入ってみたり、その場の思いつきにしては、いずれも有無を言わせない強引さがある。

それに謡曲『江島』にしても、変にくだくだしい『吾妻鏡』の蘊蓄《うんちく》にしても、ただの思いつきとは思われない執拗さがある。

はじめから倉地は、江ノ島へ渡るつもりだったのではないか、と兵馬は思う。

遠国御用を命じられたときから、倉地は謡曲『江島』をおさらいし、『吾妻鏡』の一節を読み返してきたのではないだろうか。

御庭番家筋の倉地が、もの覚えがよいのは家業とも言えようが、それにしても念が入りすぎている、と言わざるを得ない。

「何故です？」

兵馬は呟くように言った。

「弁財天が顕現した岩窟で、文覚上人が行ったという秘儀のことかな？」

倉地はまだ空とぼけている。

「江ノ島、裸弁天、岩窟、秘儀。倉地どのがこだわっておられるそれらのことには、どのような繋がりがあるのかを聞いているのです」

あまりにも水臭いではないか、と兵馬は思う。

「いまにわかる」

どこか意地悪な笑みを含んだ声で、倉地は言った。

たしかに何かを隠しているらしい。

七

曲がりくねった洞窟の奥に、ぼんやりとした薄明かりが見えてきた。

「先ほどの気配は、これであったか」

兵馬は思わず呟いたが、眼を凝らして暗闇の奥を覗いてみても、怪しげな薄明かりの正体は知れなかった。

この先に誰かいるのか。

もしいるとしたら、
人か魔か。

ただでさえ不気味な真夜中の岩窟を、わざわざ見物に来るような物好きが、他にいようとは思われない。

あるいは神か鬼なのか。

兵馬は洞窟の奥まで見通そうと、頭上に炬火をかざして進んだ。

幾重にも屈曲した洞窟が、岩肌を照らす影を濃くして、どこからあの薄明かりが洩れてくるのか、手許を照らしている炬火の明るみに眩《くら》まされて、かえってわからなくなる。

洞窟にせり出した巨大な岩角を曲がる。

また薄明かりが見えてきた。

岩間から洩れてくる淡い光は、風もないのにゆれている。

なぜか背筋がぞくっとした。

すぐ後に続く倉地は、意外なほど落ち着いて見える。

さすがに公儀隠密の家筋だけあって、異変に遭遇しても肝《きも》が据《す》わっているらしい。

兵馬は炬火を左手に持ちかえた。

いざというときに備えて、利き手を空けたのだ。

どこからか滝の音が聞こえてくる。

洞窟の中は常に濡れているので、地底を走る水脈があっても不思議ではない。

これまで滝の落ちる音に気づかなかったのは、荒々しい海鳴りの音が、洞窟の中に響いていたからだろう。

兵馬は水滴に濡れた大岩を廻り込んで、広々とした岩場に出た。

急に視界が開けた。

いや、違っていたかもしれない。

地底の闇に慣れていたので、突然の明るさに眼が眩んだのだ。

水の流れ落ちる音が高く鳴った。

闇に覆われている天蓋から、白糸のような滝が落ちている。

洞窟はそこから蜘手《くもで》に分かれ、漆黒の闇に消えている。

兵馬を驚かせたのは、奇岩の織りなす天然の脅威ではなく、あかあかと地底の滝を照らしている篝火《かがりび》の明かりだった。

勢いよく燃えている炎は、闇を照らす篝火というより、火勢の烈しさから言っても、むしろ焚き火と呼んだ方がいいだろう。

濛々と立ち上る黒煙が、奥深い闇に吸い込まれてゆくところを見ると、岩屋の天蓋には風の抜ける穴が通っているらしい。

ぼんやりした薄明かりにしか見えなかったのは、洞窟の内部に連なっている屈曲した岩塊が、兵馬の視界を妨げていたからだ。

不意の明るさに眼が慣れるにつれて、篝火に照らし出された闇の奥から、おぼろげな白い影が浮かび上がった。

「なんと……」

絶句した。

兵馬の眼に映ったのは、一糸まとわぬ女人の姿だった。

「これが裸弁天か！」

夢見心地になって思わず呟いたのは、倉地に仕掛けられた暗示に、兵馬の思考が慣らされていたからに違いない。

赤い焔に照らし出された白い肌は、丹念に磨かれた象牙の輝きを持ち、琵琶を弾いているような格好で、黒い岩盤に鎮座していたのだから、兵馬が裸弁天と思い込んだとしても、無理からぬことかもしれなかった。

あるいは、駒蔵から御禁制の浮世絵を見せられて、女の裸に眼を慣らされていたことも、暗示にかかりやすくなっていた一因とも言えるだろう。

兵馬と眼が合うと、岩盤の上に鎮座していた裸弁天が、わずかに頬笑んだような気がした。

生きているのか！

兵馬は思わず息を呑んだ。

岩窟の女神は彫像のように動かない。

滝の音だけが聞こえてくる。

そのまま、すべてが静止してしまったような気がする。

しばらくは音も動きも途絶えて、凝結したような時がすぎた。

風もないのに炎がゆれた。

すると、裸弁天の白い肌がわずかに動いて、この世のものとも思われない妖しい色気が、闇にとざされている暗い洞窟を満たした。

「遅いぞ！」

いきなり鋭い叱声が飛んだ。

伝説の龍神が咆哮したのか、と思われるような恐ろしさだった。

闇を切り裂く声は、耳を聾《ろう》するような谺《こだま》となって、暗い洞窟に響きわたった。

にわかには信じられないことだが、岩屋をゆるがすような龍神の声は、象牙色の肌をした裸弁天の、紅い唇から発せられたものに違いない。

さすがの兵馬も、度胆を抜かれて狼狽《うろた》えると、

「いつまで見ているつもりか！」

岩盤の上に鎮座していた裸弁天が、ゆっくりと台座から立ち上がって、一糸まとわぬ素っ裸のまま、ゆっくりと歩み寄ってくる。

恥じらって前を隠すこともなく、熟れた白桃のような双の乳房や、天鵞絨《びろーど》のような柔らかい陰毛も剝き出しのままだ。

兵馬は眼を逸らすことができなかった。

これは女神か魔物に違いない。

いきなり背筋が凍るような恐怖を覚えたのは、妖しいまでに美しい女の裸に、思わず気圧《けお》されからではない。

身に寸鉄も帯びていない女に、これまで出会ったどの剣鬼たちにも劣らない鋭気を感じたからだ。

見るな、と言いながらも、女は露わな肌を隠すことをせず、言われた兵馬も、裸の女から眼を離すことができなかった。

女は妖気を放っている。

ほんの一瞬でも眼を逸らせば、女の動きが読めなくなり、どう反転して、どこから襲いかかって来るかわからない怖さがあった。

これほど危険な女に会ったのは、死に魅せられたような剣鬼たちと闘ってきた兵馬にも、初めての経験と言えるだろう。

「名乗れっ！」

女は兵馬との刃境《はざかい》まで近づき、ぴたりと足を止めると、牡丹の蕾《つぼみ》にも似た可愛い唇から、端麗な見かけにそぐわない鋭い声を発した。

兵馬はたじたじとなって、

「拙者は信州浪人の鵜飼兵馬。そなたは？」

「わが名は弁天」

蕾のような唇がわずかに動いた。

八

「これではとても話ができぬ。まずはその美しい肌を隠されたらどうか」

黙ってなりゆきを見ていた倉地文左衛門が、二人の仲を取り持つかのように口を添えた。

「裸は江ノ島弁天の表看板。めったなことで下ろすわけにはいかない」

鉄火場で啖呵を切るような女の顔に、初めての笑みが浮かんだ。

すると恐ろしいほどの色香が匂ってくる。

「そう言わずに頼む。まぶしすぎて、まともに見ることもできぬ」

どこから取り出してきたのか、倉地は女の着物を捧げ持って、駄々っ子をなだめるようにして裸の肩へ着せかけた。

「われらが遅れたのをお怒りのようだが、別に他意があってのことではない。どうか気を鎮めていただきたい」

倉地はめずらしく下手《したで》に出ている。

女はふんわりと羽織った緋縮緬の長襦袢に袖を通すと、さりげなく前を掻きあわせて細紐を締めた。

長襦袢姿になった女には、一糸まとわぬ裸でいたときとは違った、妙に毒々しい色気がある。

倉地はまぶしげに眼を細めた。

「それではかえって眼の毒でござる」

弁天と名乗る妖しい女と、御庭番をつとめる倉地文左衛門は、どうやら以前から面識があるらしかった。

倉地はこの尋常でない出遭いを承知のうえで、冗談半分の罠に嵌《は》めたのだ、と兵馬はいまになって気づいたが、これも倉地らしい洒落と思えば、まともに腹を立てる気にもなれなかった。

「われらと弁天どのは、明日から道中をともにする仲ではござらぬか。どうかお手柔らかに願いたい」

倉地はしきりに詫びを入れている。

「それもそうね……」

ようやく機嫌を直した弁天女は、思いがけない優雅な身ごなしで、すばやく身支度をととのえ始めた。

まるで名妓が舞うような、美しくて無駄のないしぐさだ、と兵馬は感心して眺めている。

緋縮緬の長襦袢の上から、派手な縞模様の小袖を重ねて、黒地に白く弁財天を染め抜いた平織りの帯をくるくると巻き、小気味よく胸元をきゅっと締めると、これまで神とも魔物とも知れなかった女は、一変して旅から旅へと唄い暮らす、鳥追いの姿になっている。

「今回の御用旅では、これがあたしの化け姿なのさ。でも、こんな格好をしていては、身分違いのおさむらいさま方と、一緒の部屋に泊まるわけにもいかないね」

弁天と名乗った美しい女は、呆気にとられている兵馬の顔を見て、誘い込むかのように妖艶な笑みを浮かべた。

「でも、こんないい男を前にして、それもなんだか淋しいねえ。夜中にでもそっと忍んで行こうかしら」

いかにも旅芸人らしい下世話な冗談にも、倉地はお調子者の幇間《ほうかん》のように、すこし軽すぎるかと思われる口調で応じている。

「そうしていただければ、まことに大慈大悲の功徳でござる。欽明天皇の十三年、江ノ島に降臨した霊験あらたかな弁財天も、いまの世では旅の道連れ、色も情けもある鳥追いのお涼《りょう》さんというわけでござるか」

鳥追い姿に変身した弁天のお涼は、いかにも浮かれ女らしい媚びを浮かべると、岩陰に隠していた三味線を取り出して、

「弁財天が奏でる琵琶の代わりに、あたしは三味線を爪弾きながら、この世にのさばっている図々しい奴らを、片っ端からあの世へ送り込んでやるのさ。これが功徳と言えば功徳だね。もっとも、あの世に旅立たせてやるまでがあたしの仕事で、極楽浄土に行けるかどうかは知らないけれどね」

鋭利な武器になりそうな象牙の撥《ばち》で、気まぐれな即興の曲を、ペペン、ペンペン、と色気たっぷりにかき鳴らした。

みずから弁天と名乗る妖しい女は、身に着けている衣裳を変えれば、その気質までも入れ替えることができるらしい。

素っ裸になった弁天には、まるで神か魔物のような恐ろしさがあったが、こうして

鳥追い姿に身を変えると、いかにも旅の女芸人らしい蓮っ葉な口の利き方になっている。

「弁天どのは、どのようにしてこの洞窟まで来られたのか」

兵馬はおそるおそる聞いてみた。

海は荒れている。

江ノ島へ渡るための細長い砂州は、満ち潮に呑まれて、波に没していたはずだ。

まさか岩窟の中に住み着いているわけでもあるまい。

この女はどこからどのようにして、闇に閉ざされていた絶海の洞窟にあらわれたのか、不思議といえば不思議だった。

「あたしの裸を見たくせに、そんなこともわからないのかい」

鳥追い姿になった弁天は嘲笑《あざわら》うように言った。

「あたしは海を泳いで来たのさ。あんた達を待っているあいだに、濡れた着物を乾かしたり、冷えた身体を温めるため、こうして焚き火をしていたんですよ」

先ほどまでの恐ろしさは嘘だったのか、弁天のお涼は愛嬌のある笑みを浮かべた。

兵馬は驚いて聞き返した。

「この暗い海を、泳いできたと申されるか。沖合の荒波に流されることは、なかったのでござるか」

この女はやはり魔物だ、と思って、兵馬は身の毛がよだつような畏怖を覚えた。

するとと弁天のお涼は、茶目っ気たっぷりに笑って、

「嘘、嘘、うそですよ。鎌倉の材木座から江ノ島の沖合までは、夜釣りに出る漁師の舟に乗せてもらったんです。あのお爺さん、あたしがいきなり裸になったのを見て、口も利けないほど驚いていたけど、気が狂った若い女が、荒海に身投げした、と思ったんじゃないかしら。罪つくりなことをしてしまったわ」

弁天と名乗る妖しい女は、夜の海に飛び込んだ、と事もなげに言うが、沖合の波はかなり荒かったはずだ。

深海でアワビ取りをする海女でさえ、真っ暗な夜の海に入るのは避けるだろう。

入水自殺の真似までして、みずからの痕跡を消してきたからには、この女も倉地や兵馬と同じように、隠密御用の密命を帯びているに違いない。

しかし御庭番の家筋を継ぐ女の隠密がいるとは聞いていない。

「この弁天どのは、御老中の密命を帯びて、われらと同道することになっているのだ。御老中は厳正であることを好まれる。弁天どのが同道されるのは、いわば御目付役というわけだ」

倉地は手短に説明した。

つまり、兵馬と倉地の遠国御用には、松平定信の隠し目付が常に眼を光らせているわけで、やはり物見遊山めいた気楽な旅ではなかったのだ。

江戸を出たときから、それとなく感じていた兵馬の危惧は、半ば当たっていたことになる。

はじめからそう言えばよいものを、と兵馬は思ったが、隠密の動向を見張っている隠し目付を前にして、仲間うちで争いごとをするのも憚られた。

「というわけで、明日からは三人旅になるわけだが、弁天どのが言われるように、まさか一緒の部屋に泊まるわけにも参るまい」

できることなら、弁天のお涼とは距離を置きたい、と倉地は思っているらしい。

「あら、あたしのことなら、気になさらなくともよいのですよ。ひとり旅をする鳥追いなどに、まともな部屋を貸す宿もなく、殿方と雑魚寝したこともありますし……」

弁天は意味ありげに笑った。

ぞっとするような妖しい色香がただよってくる。

「いや、決してそのような意味で、申したのではござらぬ」

倉地はあわてて打ち消したが、弁天は薄く笑って、

「どのような意味でも、あたしはかまわないって、言っているのですよ」

相手の困惑ぶりを、楽しんでいるようにも見えた。

かなり手ごわい相手だな、と兵馬は思った。

これは凶悪な敵よりも始末が悪い。

やれやれ、明日からの旅が思いやられる、と兵馬は嘆息せざるを得なかった。

# 四章　道連れの女

## 一

東海道を西に向かう鵜飼兵馬は、色気たっぷりの鳥追い女と、親しげに肩を並べて歩いていた。

藤沢宿から三里半で平塚宿に出る。

平塚の手前、中島と馬入《ばにゅう》は、甲斐の猿橋から流れ落ちた馬入川（相模川）が、相模湾に流れ込む河口に近く、徒《かち》で越えることはできないので、両岸には馬入の渡しと呼ばれる船着き場がある。

江戸に参勤する武士は、東照神君《とうしょうしんくん》以来の特権があって、渡し舟は無賃で乗れるが、一目で浪人者とわかる兵馬は、百姓や町人並みに十六文取られた。

お涼も渡し賃の十六文を払っている。

ただで乗れるはずの倉地は渡し舟に乗り遅れた。

倉地とは小田原で落ち合うことにして、兵馬は平塚から大磯に出ようと、高麗寺村《こまでらむら》の化粧坂《けはいざか》に向かった。

坂と言っても名ばかりで、小石混じりの平地しかない。

「あれをごらん」

道ゆく旅人たちが噂した。

「欠落《かけおち》でもした夫婦者かね」

浪人者と鳥追い女の二人連れは、さまざまな旅人が行き交う東海道筋でも、かなり人目を引く取り合わせらしかった。

「どうもそうではないらしい」

兵馬とお涼を横目に見て、目引き鼻引き言い合っている。

「つまり、釣り合いが取れない、ということですな」

羨ましそうに言う者もいる。

「旅の恥は掻き捨てと、よろしくやっているわけですか」

皮肉っぽい言い方をする者もあり、

「いやいや、あの浪人者は、それほど器用な男とも思われませんが」

冷めた眼で見ている者もいる。

「だいたい女がよすぎる」

男たちの関心は鳥追い女に向けられる。

「あんな色っぽい女は見たことがありませんよ」

溜め息をついている男もいる。

「それにしても、ぴったりと寄り添って」

嫉《ねた》ましそうに言う者や、

「わけありの二人というわけですかい」

混ぜ返す者、

「いい気なもんだと思いませんか」

腹立たしげに舌打ちする男、

「あまり見ない方がいい。あぶない人たちかもしれませんぞ」

あるいは恐ろしそうに頷き合う。

切れ切れの断片にすぎないが、兵馬にはそれらの声が聞こえてくる。

むろん、弁天お涼の耳に入らないはずはない。

お涼は男たちの羨望を煽《あお》り立てるように、これ見よがしに身を寄せてくる。

兵馬は女から逃れようと足を速めた。

はた目にはどう映ろうとも、ぴったりと脇に張り付いて離れないこの女が、兵馬は鬱陶《うっとお》しくてならなかった。

女の歩調に合わせているわけではなく、むしろ厄介な隠し目付を引き離そうと、かなり足を速めたつもりなのに、弁天のお涼は息も乱さずに付いてくる。

途中で息切れした倉地を、だいぶ引き離してしまったらしい。

「旅慣れておられるようですな」

兵馬の方が先に音《ね》をあげてしまった。

「しがない旅芸人の身ですもの」

弁天のお涼はにこりともせずに言ったが、愛嬌のない受け答えをしながらも、どこからか鬱陶しいほどの色気が匂ってくる。

「すこし離れてくだされぬか」

兵馬は息苦しそうに苦情を言った。

「あら、鳥追い女などと一緒に歩くのは、御身分にかかわるとおっしゃるのですか」

お涼は軽く睨みつける真似をした。

「そういうわけではござらぬが、ちと目立ちすぎるのではないかな」

公儀隠密が人目については影の仕事がつとまらない。

「なにもこそこそする必要はありませんもの」

ふっふふ、と笑いながら、弁天のお涼は平然としている。

「弁天どのは、御目付役だからよいであろうが、遠国御用は隠密を要する職務でござる。なるべくなら、街道筋で顔を覚えられるようなことはしたくないのだ」

「鵜飼さまはお甘い」

お涼は形のよい唇の端に、冷たい笑みを浮かべて言った。

「いくら足跡を消そうとしても、隠密を嗅ぎつける犬どもは必ずいると心得た方がよい。道々あたくしたちが目立つことで、その連中を逆にあぶり出すことができるのです。邪魔者を消してしまうのは、できるだけ早い方がよい」

なんという恐ろしい女か、と兵馬はお涼の非情さに舌を巻いた。

たとえ隠密の後を付けて来る者がいたとしても、その連中が必ずしも敵というわけではあるまい。

隠し目付と言われる弁天のお涼と同じような、影の影、という役目の者だっているはずだった。

わざと人目を引くことで、その連中をあぶり出し、片端から消してゆく、と弁天のお涼はこともなげに言う。

この女を敵に廻したらもちろんのこと、たとえ味方に付けたとしても、その非情さに手を焼くことになるだろう。

「ところで、途中から倉地さまを置き去りにしたのは……」

お涼は兵馬に顔を寄せて言った。

女の肌の匂いが急に迫った。

はた目には甘い囁きと見えたかもしれない。

「わたくしが命じられている御用の筋を、鵜飼さまに伝えておきたいと思うからです。どう動かれるかは鵜飼さま次第。その働きをどう判断するかはわたくし次第。どのようにすべきかは言いますまい。その結果を見て、どう処置すべきかは、すべてわたくしに任されているのです」

将軍家に直属する倉地文左衛門でさえ、はばかり恐れていた隠し目付とは、そのような役目を帯びた者であったのか、と兵馬は背筋が凍るような思いだった。

「倉地どのをどうなさる？」

「たとえ誰であろうとも、邪魔になったら消えてもらいます」

「ならば拙者は？」

「言うまでもありますまい」

女は冷たく笑った。

容赦なく消す、とすずしげな眼が言っている。

「札差仕法《ふださししほう》については御存知ですね」

お涼はさり気ない口調で切り出した。

「さあ、拙者にはかかわりのないことゆえ、よくは存ぜぬが」

兵馬は正直なところを言った。

素浪人の兵馬には、米相場を左右している札差などには縁がないし、禄を離れてしまった浪人者に、担保の取れない金を貸す札差はいない。

「まあ。倉地さまは、まだ何も話しておられないのですか」

お涼は呆れたように形のよい唇を袖口で隠した。

今回の遠国御用については、倉地もよくわかってはいないのではないか、と兵馬は思っている。

大坂までゆけばなんとかなる、と倉地は暢気なことを言っていた。

米相場のことなど知らなくとも、大坂の堂島には居付きの河辺三郎兵衛がいて、すべてを取り計らってくれるはずだった。

よりによって、銭勘定にうとい兵馬を、今回の遠国御用に連れ出したのも、大坂の蔵屋敷を探索するという面倒な任務はどうでもよく、むしろ内なる敵、隠し目付に対する用心棒のつもりかもしれなかった。

いつかはこの女と、斬り合うことになるかもしれない、と思うと、妙に色っぽい弁天お涼のしぐさも、かえってそら恐ろしいものに思われてくる。

「いわゆる棄捐令《きえんれい》のことです」

武家言葉に戻ったお涼は、念を押すように言った。

「いずれにしても、拙者とは縁のない話でござるな」

貧乏浪人の兵馬には、金を貸してくれる札差などいないので、棒引きにしてもらうような借金もない。

「茶化さないでお聞きなさい」

お涼の美しい眉がピリリと動いた。

「わかった。聞こう」

兵馬は観念して首をすくめた。

「天明《てんめい》の大飢饉のことは憶えていますね」

「忘れるはずはござらぬ。飢饉が終熄《しゅうそく》してからも、江戸には大火があって、神田や日本橋などの下町を焼き尽くし、天明七年には米価が異常に高騰して、江戸でも大規模な打ち毀《こわ》しがあった」

たまたま兵馬もその騒ぎに巻き込まれ、三日三晩を窮民たちと一緒に路上ですごした。

あのとき売られた瓦版《かわらばん》には、暴動を指揮する仁王様の絵があって、兵馬が打ち毀しの首謀者のように書かれていた。

むろん、窮民たちの夢が紡《つむ》ぎ出した虚像にすぎない。巷《ちまた》に乱れ飛んだ風説が架空の英雄を生み出したのだ。

「でも、その騒ぎもおさまって、いまは別な騒ぎが持ち上がっているのです」

浅間山の大噴火、天明の大飢饉、江戸の大火、天明の打ち毀しのあと、どうにか景気も持ち直して、天明八年、寛政《かんせい》元年と二年続きの豊作が続いた。

米価は低落した。

異常なまでに高騰していた米価は、ようやく正常に戻ったのかと思われた。

しかし米価は下げ止まらなかった。

皮肉なことに、扶持米《ふちまい》を金に換えて暮らす武士たちにとって、米貨の低落は減収と同じ効果をもたらした。

米価以外の諸物価は高騰したままだから、俸禄米《ほうろくまい》で暮らす武士の懐具合は、急速に悪化してゆく。

日々の暮らしに窮した旗本・御家人たちは、蔵米《くらまい》を扱っている札差商人に、前倒しの借財を請うしかない。

つまり翌年の扶持米を担保に、札差から高利の金を借りるわけだが、さらに米価が低落すれば、借財は雪だるま式に増え続けることになる。

二年続きとなる米価の低落が、この窮状に追い打ちをかけた。

借財に苦しむ旗本・御家人を救済するため、寛政元年九月十六日、幕府は緊急の札差仕法を発布した。

天明四年十二月以前の債権はすべて破棄せよ、と享保《きょうほう》以来しばらく絶えていた伝家の宝刀を抜いたのだ。

債権の破棄は、なぜ天明四年以前とされたのか。

「六年前の因縁話でござるな」

天明四年三月二十四日、新番役の佐野善左衛門政言《さのぜんざえもんまさこと》が、江戸城内で若年寄の田沼山城守意知《たぬまやましろのかみおきとも》を刃傷《にんじょう》するという事件があった。

殺された田沼意知は、長年にわたって幕府の実権を握ってきた田沼意次《おきつぐ》の嫡男で、将来を嘱望されていた実力者だった。

意次の後継者、と目《もく》されてきた意知の死によって、盤石《ばんじやく》と思われていた田沼派の土台骨は揺らぎだした。

この天明四年は、御三卿・御三家をはじめとするお歴々が、ひそかに政権交代を画策して、八代将軍吉宗《よしむね》の孫に当たる松平越中守定信を、幕政の表舞台に引き出そうとしていた年でもあった。

天明五年十二月一日、松平定信は政権に近い溜間詰《たまりのまづめ》になった。

翌年の天明六年八月二十七日には、いきなり老中田沼意次が免職となり、これを切っ掛けにして、側衆の稲葉正明《いなばまさあき》、勘定奉行の松本秀持《まつもとひでもち》など、田沼派の能吏が次々と罷免された。

九月八日、久しく病床にあった十代将軍家治《いえはる》が死去する。

「あのとき巷には、前《さき》の将軍家が逝去《せいきよ》されたのは、八月二十五日のことであった、という噂もござったな」

もしそれがほんとうなら、八月二十五日から九月八日までの十三日間にわたって、政権交代をめぐる幕僚内の暗闘があった、と見るべきではないのか。

将軍の死は秘匿《ひとく》されていた。

政権を奪取しようとした勢力が、すでに死んでいた将軍家治の名を騙《かた》って、政敵の田沼意次を罷免した、という疑惑がないわけではない。

「あらぬ風説は無用のことです」

お涼の叱声が飛んだ。

「失言でござった」

兵馬はすぐに謝った。

御庭番の動きを監視する隠し目付を相手に、政界の裏疑惑などを口にすべきではない。

「以後、慎まれよ」

お涼は兵馬に鋭い一瞥《いちべつ》をくれると、これまでと変わらない口調で話を続けた。

田沼派は後ろ盾を失った。

閏《うるう》十月九日、謹慎していた田沼意次の封地二万七千石が収公された。

次いで天明七年十月、意次はさらに二万七千石を削られ、在職中に得た封地をすべて失ってしまう。

それから一年に満たない天明八年七月二十四日、権勢を誇り、門前雀羅《じゃくら》をなす、と言われた田沼意次は、失意のうちにこの世を去った。

これより先、天明六年十一月二十七日、将軍世子の徳川家斉《いえなり》が西丸から本丸に移る。

家斉はこのとき十四歳。

御三卿一橋治済《ひとつばしはるさだ》の子で、幼名を豊千代《とよちよ》君と言った。

病弱な将軍家治には子がなく、豊千代（家斉）が世子となって西丸に入ったのは、まだ元服式もあげない八歳のときだった。

天明七年四月十五日、家斉は将軍宣下《せんげ》を受けて十一代将軍に就任する。

同じ年の六月十九日、溜間詰の松平越中守定信は、老中に任じられ、次いで老中首座となった。

江戸に大規模な打ち毀しが起こったのは、定信が老中職に就任する一ヶ月ほど前のことだった。

田沼派の残存勢力はまだ幕閣を去らず、老中の水野忠友《みずのただとも》、松井康福《まついやすよし》、若年寄の奥《おく》平忠福《だいらただよし》などの田沼派が幕政の責任者だった。

そのときまだ溜間詰だった定信は、あやうく失政の泥を被ることを免れたわけだ。

天明の大飢饉、江戸大火、天明の打ち毀し、天明期に襲った三大災害は、すべて田沼政権下で起こっており、定信はそのいずれにも関与していなかった。

奥州白河藩主松平定信は、天明の大飢饉にも領内から餓死者を出さず、藩政を建て直した『名君』として知られていた。

幕閣に加わった定信は、天明期に起こった災害や失政の責任を問われることもなく、賄賂や醜聞とも縁がなかった。

田沼政権が凋落《ちょうらく》したのは、天明四年の刃傷事件が端緒となっている。

このときを境にして、田沼意次は幕政の主導権を失っていった。

天明五年に溜間詰に入った定信が、老中首座兼将軍補佐となって幕政を握ったのは、それから三年後の天明八年のことであり、政変という過激な方法を取ることなく、じわじわと政権交代を進めてきたわけだ。

定信の幕政改革は、前政権の全否定にあった。

天明四年十二月以前の債権は破棄せよ、と定めた棄捐令を発布したことで、前政権下における旗本・御家人の借財は、現政権が責任を負うところではない、ということを明示したわけだ。

棄捐令の執行を、田沼政権が傾いた天明四年で線引きしたのは、定信なりのケジメだろう。

「それが札差仕法の意味なのです」

すなわち、御老中の覚悟といってもよいでしょう、とお涼は美しい横顔を見せながら、取り澄ました声で言った。

「今回の遠国御用と、どのようなかかわりがござるのか」

兵馬は弁財天女の横顔に問い返した。

この女は越中守の隠し目付と言われているが、どこまで幕政の機密にかかわっているのか、得体の知れないところがある。

「納宿《おさめやど》が廃止されて十日になります」

また話が飛んだようだった。

「それだけではわかり申さぬが……」

どうやら、また兵馬が苦手とするような話題らしい。

「鵜飼さまが大坂にゆかれるのは、そのためではありませんか」

お涼は皮肉な笑みを浮かべた。

可愛げのない女だ、と兵馬はいまいましく思ったが、そう考えることを恥じるところがあって、顔色には出さなかった。

お涼が言う納宿とは、幕府の直轄地から大坂表に廻送されてくる年貢米を、一手に引き受けている仲介業者で、港に集積された米穀の水揚げ、内ごしらえから蔵納めまで、年貢米の運搬や販売のいっさいを取り仕切ってきた。

年貢米を商品化することで、思うように利鞘《りざや》を稼いでいた大坂の納宿は、宝暦《ほうれき》の頃から江戸・大坂の幕府蔵米を、実際に取り仕切ってきた株仲間だった。

江戸の札差は、幕府領の知行米を換金するだけでなく、旗本・御家人に金を貸し付けて利子を稼いだが、大坂の納宿はさらに狡猾な遣り方で、難破船や欠米《かんまい》で納米に不足が生じれば、納税に苦しんでいる村方に金を貸し付け、担保には田畑を要求したから、借財を返せない村方の土地は、ことごとく納宿の所有になっていった。

このままでは幕藩体制の大本《おおもと》が崩されてしまうことになる。

寛政元年九月、定信は大坂米蔵の納宿を廃止し、年貢米は仲介業者を通さず、村々が直納するように、という指示を出した。

江戸の札差に対する棄捐令と、大坂の納宿廃止令は、東西に並行して打ち出された定信の経済対策だった。

「納宿廃止令が出されたのは、いまから十日前のこと。御老中が倉地どのを差し向けたのは、納宿の廃止にともなう大坂の不穏な動きを、警戒しておられるからです」

それだけのことなら、大坂町奉行所に命じればすむことで、わざわざ御庭番を差し向けるには当たるまい、と兵馬は思う。

しかも隠密を見張るための隠密として、鳥追い姿に化けた隠し目付を、同行させる必要があるのだろうか。

二

平塚から大磯まではおよそ一里。

海岸に近いため、道筋には砂地が多い。

平塚には百二十軒の旅籠があり、大磯にも二百五十軒の旅籠があって、旅人はどちらでも好みの宿場に泊まることができる。

大磯は江戸から十六里二十丁。

町はずれの高麗寺山には、曾我《そがの》十郎《じゅうろう》の菩提を弔って、虎御前《とらごぜん》が庵を結んだ跡があるという。

曾我兄弟の仇討ちは、江戸の歌舞伎でも知られている。

いきなり何を思ったのか、弁天お涼は三味線を爪弾きながら、絶妙な節回しで、隆《りゅう》達節《たつぶし》を唄いだした。

寝ても覚めても忘れぬ君を
焦がれ死なぬは異なものじゃ

「死なば地獄の定めとは、生き残る女の身こそ哀しけれ」

唄っているときのお涼は、まるで大磯の虎が憑依《ひょうい》したような表情をしている。

「みごとな声よ」

兵馬はお世辞抜きでそう思い、お涼の意外な面を見たような気がした。

三味線を弾き終わると、弁天お涼はなれなれしく兵馬に身を寄せて、

「死ぬまでに幾人斬ったんでしょうね」

無邪気な顔で物騒なことを問いかけてきた。

お涼の本音はどこにあるのか、唄の趣とはまったく違う話題になっている。

「あなただって、死者の数をかぞえたことがあるでしょう？」

どうやら曾我十郎のことを言っているらしい。

「いきなり血なまぐさい話でござるか」

兵馬は無愛想に応じた。

曾我十郎祐成《すけなり》と弟の曾我五郎時致《ごろうときむね》は、工藤祐経《くどうすけつね》に父の河津《かわづ》三郎祐泰《さぶろうすけやす》を殺され、伝来

の領地を奪われてしまった。

孤児となった曾我兄弟は、工藤祐経を父の敵《かたき》とつけ狙ったが、鎌倉殿（源頼朝《みなもとのよりとも》）の寵臣となった祐経に付け入る隙はなかった。

むなしく十余年の歳月が過ぎる。

元服した曾我兄弟は、いずれも武勇すぐれた若武者となって、虎視眈々と敵の祐経を狙い続けた。

悶々とした思いは恋に向かう。

大磯の遊女虎御前に、一目惚れした十郎祐成は、曾我から大磯まで、三里の夜道を通い詰めた。

情にほだされた虎御前は、あそび女《め》の身を忘れて本気になり、十郎と二世を契る仲になったという。

鎌倉殿の権勢は日ましに高くなってゆく。

工藤祐経を討つ機会は、ますます遠のいてゆくように思われた。

平家を滅ぼし、弟の九郎判官義経《くろうほうがんよしつね》を藤原泰衡に殺させた上で、奥州平泉《ひらいずみ》に出兵して、三代の栄華を誇った藤原一族を討伐した頼朝は、名実ともに武家の棟梁となり、さらに名分を得るために、征夷大将軍を望んだが、日本一の大天狗と呼ばれた後白河《ごしらかわ》院は、容易にこれを許さなかった。

建久《けんきゅう》三年三月、後白河法皇が崩御すると、同じ年の七月、頼朝はようやく念願の征夷大将軍に叙任された。

翌建久四年五月、鎌倉に幕府を開いて、東国政権を樹立した頼朝は、東国の有力武士たちを糾合して、富士の裾野で大規模な巻狩を催した。

頼朝の寵臣たちは富士野の陣中にいる。

工藤祐経の居場所は知れた。

十郎は虎御前に別れを告げ、弟の五郎とともに、仇敵を求めて富士野へ向かう。

建久四年五月二十八日、曾我兄弟は富士の裾野に忍び入り、幔幕《まんまく》を張りめぐらした陣中に斬り込んで、ついに工藤祐経の首を取った。

頼朝がこれを許すはずはない。

その後は血みどろの血闘になる。

手傷を負った十郎祐成は、前日に猪を手獲りにした仁田四郎忠常《にったしろうただつね》に、膝を斬られて討ち取られた。

兄の最期を知った五郎時致は、頼朝の陣中に斬り込んで、十番斬りの末に捕らえられ、頼朝の前に引き出されるが、不敵にも征夷大将軍を面罵して首を刎ねられる。

曾我十郎の死を知った大磯の虎は、曾我兄弟の菩提を弔うため、剃髪して尼となり、箱根の山中を行脚《あんぎゃ》して愛人の冥福を祈った。

高麗寺山に庵を結んだ虎御前は、生きながらにして菩薩行を修めたという。

「いいお話ね」

妙に甘ったるい声で女は言う。

「どこが？」

兵馬は不機嫌な声を返すと、お涼を置き捨てるようにして足を速めた。

剣に生きる者の宿命として、兵馬は常に死と向かいあっていると言ってよい。

生も冥《くら》く死もまた冥い。

死は生の隙間に待ち受けている陥穽《かんせい》にすぎず、生も死も、同じ地平にある見慣れた風景としか思われなかった。

しかし、むざむざ陥穽に落ちてしまうのは愚かなことで、避けられるものなら避けた方がよい。

そもそも生の始めから、死に魅入られたような曾我兄弟を、讃美する者の気が知れないと思っている。

死は求めずともあるものを。

兵馬の屈折した思いを読み取ったのか、

「仇を討った者も、討たれた者も、みんな死ぬ。いいお話ではありませんか」

甘さの片鱗もない声で女は笑った。

「血なまぐさいことがお好きなようだが」

兵馬は鼻白んだ。

「それがわたくしの仕事ですもの」

女は平然としている。

「おのれの仕事を疑ってみたことはござらぬのか」

たとえばあの男のように、と兵馬は思った。

影同心と呼ばれ、闇の刺客となった赤沼三樹三郎を、やむを得ず斬ったときの虚しい手応えが、まだ兵馬の両腕にはありありと残っている。

与えられた最後の仕事が終わったとき、命じられるままに人を斬ってきた三樹三郎に、おのれの任務への疑いが生じたという。

これは流された血への報酬と言うべきだろう。

生か死か、迷い抜いたあの男は、おのれの死に場所を求めて、白河藩江戸屋敷に斬り込んだのだ。

後味の悪い事件だった。

「そんな暇があればよいのですが」

お涼は冷たく笑った。

「わたくしには許されないことなのです」

兵馬はつい皮肉な口調になって、

「このような無駄口を叩く暇はあっても、でござるか」

これからの長い道中、この女に付きまとわれては叶わぬ、という兵馬の本音が思わず出たようだった。

「もう仕事に入っていますもの」

お涼は不気味な笑みを浮かべている。

どこまでも兵馬に食らいついて離れないつもりらしい。

それが仕事だと言っているのだ。

「はた迷惑な話でござる」

街道は大磯の海岸に沿って延びていた。

枝ぶりのよい松並木が、大磯から小磯まで続いている。

潮風に吹かれて曲がった枝が、低く地を這うように伸びていた。

「よい景色ではござらぬか」

兵馬はわざとのんびりした口調で言った。

からみついてくるようなお涼の眼が鬱陶しく、なんとか気を逸らそうと思ったのだ。

「どこが？」

そっけなくお涼が答える。

先ほどの仕返しをしているつもりらしい。

「風情のないことでござるな」

兵馬が皮肉を言っても、お涼はわざと返事もせず、つんと澄ました美しい横顔を見せている
海の色が碧《あお》い。

松の緑が濃いからだろうか。

葉影から見える風景には深い奥行きが感じられる。

枝ぶりのみごとな松並木と、青々とした海の色が、水晶玉のようなお涼の瞳に映って、まるで別な世界のようにゆれている。

「眼に映っているものが見えぬとは、因果なことではござらぬか」

兵馬は大人げもない口調で嫌味を言った。

お涼は怒ったような顔をして、無言のまま歩を運んでいる。

街道はやがて切り通しに入った。

風景は一変する。

海から吹いてくる潮風は、秋の訪れをいち早く招き寄せるものらしい。

暗い切り通しを脱けた先には、海辺の明るい光を浴びて、銀灰色に輝く枯れ野ヶ原が広がっていた。

枯れ草の繁るゆるやかな斜面は、淡い逆光の中に沈み込んでいる。

言いしれぬ寂しさに襲われるような風景だった。

お涼はすり寄るようにして兵馬の耳元に囁いた。

「こういう景色は好きよ。たぶん性に合っているのかもしれないわね。ここは西行《さいぎょう》法師が庵を結んだという鴫立沢《しぎたつさわ》ですもの」

街道筋の故実には詳しいらしかった。

この女は越中守の隠し目付となる前から、旅から旅へと渡り歩く、浮き草のような日々をすごしてきたのだろうか。

「鴫立沢を詠んだ西行法師の歌があります」

お涼は色っぽい眼で兵馬を見ると、透きとおった声で西行の歌を朗唱した。

心なき身にも
あはれは知られけり
鴫たつ沢の秋の夕ぐれ

哀愁を帯びたお涼の声は、色づいた秋草のそよぐ鴫立沢に、しんしんと沁みわたってゆくように思われた。

お涼は非情に徹した隠し目付の自分を『心なき身』と言っているのかもしれない、と兵馬は思った。

それでも『あはれ』は知っている、ということを伝えたいのだろう。

誰に？

もちろん、この物わびしい風景の中で、お涼の声を聞いている者は兵馬しかいない。

三

小田原は大久保加賀守《おおくぼかがのかみ》十一万三千百二十九石の城下町で、東西に延びている二十五丁の宿場町には、二千百軒余の旅籠が立ち並んでいる。

東海道筋でも有数の宿場町と言えるだろう。

箱根八里の難所を前に、ここで一泊しようという上り客、東海道の三島から、笹原、山中の上り坂を辿って箱根の関を越え、ホッとしてこの夜の歓楽を求める下り客で、城下はいつも賑わっていた。

ここは江戸から二十里二十丁、京まではまだ百五里もある。

「倉地どのも追っつけ参られるであろうが、まだ旅程の五分の一を来たばかり。できたら先を急ぎたいものでござるが」

兵馬は相談するともなくお涼に言ってみた。

「何か御用がおありなのでしょう。待ってあげたら如何《いかが》ですか」

旅の女芸人のような口を利いているが、老中首座の意を受けているお涼の言うことは、御庭番宰領の兵馬にとっては命令に近い。

箱根の宿まではおよそ四里、行って行けない距離ではないが、宿場の手前には箱根の関所があって、日が暮れたら関門は閉ざされてしまう。

ゆき暮れて野宿するような季節ではなかった。

旅籠屋の多い小田原で、一泊する方が無難だと兵馬も思う。

それにお涼の口ぶりでは、倉地が遅れたのは理由があってのことらしい。

遠国御用に出た御庭番の動きを、老中の隠し目付が承知しているなら、宰領の兵馬がとやかく言うことはないだろう。

今夜は小田原に泊まることにして、兵馬は小清水伊兵衛《こしみずいへえ》の旅籠に宿を取った。あらかじめ倉地と打ち合わせておいた宿所だった。

兵馬は暖簾を分けて、泊まり客でごった返している広い三和土《たたき》に入った。先に宿へ入ったお涼は、小脇に抱えた三味線を掻き鳴らして、さっそく鳥追い芸の披露をしているらしい。

鳥追いのお涼が泊まるのは、旅芸人たちが詰め込まれる大部屋か、天井が低くて立って歩けないような暗い屋根裏部屋だろう。

兵馬は二階の片隅にある小部屋に案内されると、なぜか思わずホッとして、部屋の真ん中で大の字になって寝転んだ。

旅の疲れというよりも、道中の噂になるほど色っぽい弁天お涼と、肩を並べるようにして歩いたことが祟《たた》っているのだろう。

人目を気にしながら歩いた八里の道中は、色恋沙汰とは無縁にすごしてきた兵馬にとって、これまで知らなかったような疲労を強いたのはたしかだった。

やれやれ、とんでもない旅になったものだ、と兵馬は溜め息をついた。

物見遊山のようなものさ、などと暢気なことを言って、兵馬を無理やり遠国御用に連れ出した倉地を恨みたくなる。

天井の節穴を数えながら、部屋の真ん中で仰向けになっていると、このだらしない格好は、品川の宿で睾丸《ふぐり》を露出していた倉地の寝姿とそっくりだな、と思って兵馬は苦笑せざるを得なかった。

何をにやにや笑っているの？

どこからか、囁くような声が聞こえたような気がして、兵馬はハッと起き上がった。

幻聴ではないか、と思われたのだ。

ここよ。

ほとんど聞き取れないような幽《かす》かな声だったが、言っていることの意味だけは、兵馬の脳裏にまで沁み込んでくるようだった。

兵馬はもう一度ごろりと横になった。

天井の節穴が濡れたように光っている。

やっと気づいたわね。

どうにか聞き取れる声で笑っているらしい。

無外流の達人と聞いていたけど、これではすっかり形なしね。

暗い節穴の奥には、キラキラ光っている瞳があって、兵馬の動きは手に取るように見えているらしかった。

「弁天どのか」

そうよ。

「天井裏では狭苦しかろう。どうせなら座敷に下りて来られたら如何か」

まさか取って押さえるつもりではないでしょうね。

「意外に臆病でござるな」

その手の挑発には乗らないわ。

「昼間はさんざん挑発しておきながら、いまになって警戒することはござるまい」

仕事中に私事は禁止よ。

「そのまま天井裏で夜をすごすつもりでござるか」

もしそうだとしたら？

「迷惑なことでござるな」

どこで何をしていようとも、わたくしの眼が、いつも光っていることをお忘れなく。

「品川の宿でも、天井裏に忍んでいたのでござるか」

打ち合わせたとおりに動いているのです。弁天どのへの合図でござるのか」

「褌から睾丸《ふぐり》をはみ出させるのが、わたくしの趣味ではありませんわ。

やりたければご随意に。わたくしの趣味ではありませんわ。

「これからの道中は長いのです。天井から監視されていては安眠できぬ。このあたりで引き取ってくださらぬか」

もしここを動かぬと言ったら？

「天井を蹴破って引きずり下ろすまで」

こわい人ですね。

「弁天どのほどではござらぬ」

今夜はやり残したことがあります。

「なんでござる。これだけ勤めれば充分ではないか」

道中の後始末をしてくるのです。

「あぶり出した連中を消すのですか？」

後々の禍根を断つためです。

「およしなさい。そのようなことは、遠国御用で命じられた件とは別のものだ」

だからわたくしがやるのです。

「どうしても斬らねばならぬときが来たら、拙者が斬る。それまでは泳がせておきなさい」

名古屋に入る前にあの連中を始末しておかなければ、あそこで足止めされてしまいますよ。

「倉地どのが途中からわざと遅れたのは、尾張宰相の放った密偵を、あぶり出すためであったのか」

わかっていたのですね。

「あの連中には何もできぬ。見逃してやってはくだされぬか」

いま頃は倉地どのが、密偵たちを追い込んでいるはずです。おそらく敵は三人。わたくしが行かなければ倉地どのが危ない。

「ならば拙者が参ろう」

あなたの手を借りなくても、始末できる手合いです。あなたは最後の切り札。まだ総掛かりで当たる必要はありません。

「拙者が参ろうと申すのは、斬らずにすませたいと思うからだ」

おっほほほ。たぶん、そう言うだろうと思っていました。だから、わたくしが行かなければ、埒《らち》があかないのです。

「あっ、待たれよ」

天井裏の気配がすっと消えた。

なぜ名古屋に、と兵馬は、もう天井裏にはいないはずのお涼に問いかけた。

公儀隠密が足止めされなければならないのか。

御三家の筆頭である尾張宰相は、このたび幕府が出した札差仕法とは、何も関係がないはずだった。

ではこの東海道筋に、尾張の間諜が動いている理由はなんだろう。

今回の遠国御用が、老中首座松平定信の意を受けているものと知ってのことか。

田沼意次を追い落とすため、定信を幕閣に引っ張り出した勢力が、いまは定信を警戒して、ひそかに間諜を放っているとしたら、まだ始まったばかりの政権は、累卵《るいらん》の危うきにあるのかもしれない。

定信の隠し目付と言われる弁天お涼が、密偵たちの動きに過敏なのは、そのような危険を感じ取っているからではないだろうか。

兵馬は眼を瞑った。

脳裏には修羅の巷が見えてくる。

すでに薄闇が迫っている街道を、お涼は音もなく走っているに違いない。

## 四

見るからに憔悴した倉地文左衛門が、兵馬が待つ小清水伊兵衛の宿までたどり着いたのは、かなり夜も更《ふ》けてからのことだった。

「お連れさまのお着きでございます」

案内してきた宿の小女が、いかにも迷惑そうな顔をして言った。

倉地はよろよろと足どりもあやしく、小女の背に寄りかかって、嫌がる細い首筋に、酒臭い息を吐きかけている。

兵馬は急いで倉地を抱え取ると、眼で合図して小女を去らせた。

「どうされたのか」

めずらしく倉地は泥酔していた。

隠密御用に出たときは、酒を断ち、煙草を断ち、女を断つものと決めているのに、今夜の倉地はどうかしている。

「うまい酒ではなかった」

ならば飲まなければよいのに、と兵馬は思ったが、飲まずにはいられなかった倉地の気持ちもわかるような気がする。

「終わったのでござるな」

兵馬はいたわるように言った。

めったに人を斬ったことのない倉地には、荷が勝ちすぎる仕事だったかもしれない。

「敵か味方かと言われれば、本来なら味方となるはずの者たちだった。それを殺さなければならぬとは、なんとも因果なことではあるまいか」

倉地はどろりとした眼を兵馬に向けた。

「怪我をされているようですな」

左腕から一筋の血が滴っている。

「別状はない。ほんのかすり傷だ」

倉地は傷口を確かめようとして、這うような足どりで行燈《あんどん》に近づいた。

「気をつけられよ」

ふらふらして危なっかしい。

倉地は帯をゆるめて片肌を脱いでいる。

斬られた左腕にはサラシを巻いて止血してあるが、血の滲んだ布を取り去ると、ふさがっていた傷口が開いて鮮血が噴き出した。

ぴゅっと飛び散った数滴の血潮で、ほの暗い行燈が赤く濡れた。

「刀創というものは、浅く見えても意外に深くまで達しているものでござる。そのまま放っておいては壊疽《えそ》になる。焼酎で洗った方がよいでしょう」

兵馬は宿の厨房から焼酎を借りようと席を立った。

倉地はそれを押しとめて、

「さして痛みも感じないほどの浅手だ。気にすることはない」

いかにも嘘とわかる強がりを言っている
刀創を負っていることを、宿の者には秘密にしておきたいらしかった。

「闇にまぎれて三人の間諜を殺した。死体は海に流し、地に埋めて隠したが、路上の血痕まで拭き取ることはできなかった」

明朝には隠したはずの死骸が発見されて、小田原中が大騒ぎになるかもしれない、と倉地は声をひそめて言った。

すこしでも疑われるようなことは避けた方がよい。

騒ぎが大きくなれば、小田原藩も乗り出さざるを得なくなるだろう。

疑いのある泊まり客は取り調べられるはずだ。

名古屋での足止めを避けるために、小田原で足止めになっては身も蓋もない。

「ならば、これは晩酌の残り酒でござるが」

手許にあった徳利を傾けて傷口にそそいだ。

酒はほんの二、三滴しか残っていなかったが、傷口の化膿を抑えるための気休めにはなるだろう。

新しいサラシ布を裂いて、斬られた上腕部にクルクルと巻き、仕上げにギュッと締めると、黙ってされるがままになっていた倉地は、痛そうに顔をしかめて、

「ちょっと、きつすぎるのではないかな」

と文句を言った。

「血が止まるまでは、しばらくの辛抱でござる。傷を負った身でありながら、慣れない深酒などをされるから、こういうことになるのです」

兵馬は酔いの回った倉地を抱えて、片隅に敷かれた寝床の上に横たえた。

このときになって倉地は刀創のうずきを感じたらしい。

苦痛に顔をゆがめながら、

「あれは恐ろしい女だ」

倉地は呻くような声で呟いた。

「われらを追尾している間諜といっても、いまはあからさまな敵というわけではない。

あの者たちを殺してよかったのかどうか、わしはいまも迷っている。しかしあの女には、命を奪うことへの逡巡はなかった」

そうかもしれない、と兵馬は思う。

弁天お涼は幕府のためというよりも、定信の政権を維持するために働いているのだ。

邪魔な密偵を消すなどということは当たり前で、たとえ将軍に直属する御庭番であろうとも、定信に不利な動きがあれば、容赦することはないだろう。

「大変な女を道連れにしたわけですな」

天井裏には弁天お涼がいるかもしれない、と思いながらも、兵馬は倉地のぼやきに相槌を打った。

「その大変な女と、おぬしは派手な道行きを楽しんだらしいな」

倉地の顔に皮肉な笑みが戻ってきた。

「あれは拙者の役どころではござらぬ」

兵馬は苦々しげに吐き捨てた。

「道ゆく者たちが羨んでいたぞ」

倉地はからかうような口調になっている。

「人の悪いことを言われる。まるで首筋に刃物でも突き付けられているような、なんとも落ち着かぬ気分でござった。あのように剣呑《けんのん》な道行きを、もし楽しめるものなら、どなたにでもお譲り申そう」

うんざりした顔をして兵馬は言った。

兵馬が困惑したのは、得体の知れない隠し目付の恐ろしさではなく、嫌でも人目を引いてしまう弁天お涼の色気だった。

「いやいや、あのような難しい役どころは、おぬしでなければ、できぬことであった。それにおぬしは、密偵を狩り出すことなど、できまい。わしの代役が、おぬしにはできないかぎり、……」

もぞもぞと、歯切れの悪いことを言っているうちに、いつしか倉地は昏々と眠りに落ちていったようだった。

倉地の疲労にはかなり深いものがあるらしい。

「だいぶ無理をされたようだな」

それにしても、と兵馬はふと思った。

弁天お涼はどうしているのだろうか。

ごろりと仰向けになって、お涼と会話を交わした節穴に眼をやったが、さすがの隠し目付も疲れてしまったのか、今夜はもう忍んでは来ないらしい。

漆黒の闇に沈んだ天井裏には、ただ真っ暗な細い穴が、おぞましい夜のしじまを映し出しているばかりだった。

## 五

小田原から箱根の関まで、およそ二里のゆるい坂道が続く。

関所の手前には、さいかち坂、かしの木坂、猿すべり坂、龍ノ口坂、白水坂《しらみずざか》、などと呼ばれる坂道があるが、登り坂に疲れた旅人に茶を飲ませたり、蕎麦や雑煮を食わせる簡素な茶店も並んでいて、途中で空腹に悩まされる心配はない。

ゆるやかな山路に差しかかると、風景はくっきりとした輪郭を持つようになる。

兵馬は大きく息を吸った。

「吹く風が透き通っているような気がする」

この季節になると、箱根路は濃淡の色彩にあふれて、ほの暗い木陰にも陽光が降りそそぐようになる。

赤や黄色の葉をつけた楓《かえで》や蔦《つた》が、青空いっぱいに枝を伸ばして、まるで錦絵でも見るような絢爛《けんらん》たる風情があった。

「箱根は紅葉の名所と聞いてはいたが、これは聞きしに勝るみごとさではないか」

山気を胸いっぱい吸って、すっかり元気を取り戻した倉地文左衛門は、夕べの憔悴ぶりを忘れたかのように、あたりの風景に見とれている。

「ん……」

背後から近づく気配に、兵馬はふと足を止めた。

風が吹きすぎるのか？

いや、人に違いない、と兵馬は全身で感知している。

しかし足音が聞こえてこない。

なぜなのか？

そう思ったとき、兵馬は瞬時にして背後を取られ、まるで切っ先を突き付けられたような、鋭い嘲笑を浴びせられた。

「おっほほほほ。わたくしを独りぼっちにして、お二人で先に行ってしまうなんて、あんまりじゃありませんか」

小田原に置き捨ててきたはずの弁天お涼だった。

倉地はお涼の機嫌を取り結ぶように、

「お姿が見えなかったので、先にゆかれたのかと思い、一刻も早く追い付こうと、道を急いでいたところでござる」

見え透いた弁解をしてみたが、お涼は疑わしそうな眼をして、ふふん、と鼻先で笑っている。

兵馬は思わずムッとして、

「ところで、弁天どのは何処におられたのか」

つい詰問するような口調になったが、お涼は平然として、

「城下を一めぐりしてきましたけど、まだ騒がれてはいないようね」

夕べの密偵殺しが、市中で評判になっていないかどうか、小田原城下のようすを探ってきたのだという。

倉地があれほど憔悴《しょうすい》していたのは、本来なら殺す必要がない者を殺してしまった、という痛みもあるが、それだけではなく、人に知られないよう屍骸を隠すことに、疲労困憊していたからに違いない。

お涼はその成果を確かめてきたのだろう。

冷酷非情にして細心な女なのだ、と兵馬は舌を巻く思いだった。

「これで心置きなく旅ができるわね」

お涼はこれでもう昨夜のことは忘れたかのように、

「箱根の関は別々に通ることにしましょう。公儀隠密の三人連れ、事情を知らない関所役人から、変に疑われてもつまらないからね」

言い捨てると、滑るような足どりで、兵馬の傍らを通り抜けた。

大の男でさえ難儀している箱根路を、三味線を背負った弁天お涼は、まるで蝶が舞うような軽やかな足どりで飛び越えてゆく。

「みごとな足運びでござるな」

たちまち遠離《とおざか》ってゆくお涼の後ろ姿を、兵馬が感心して眺めていると、

「あれは忍びの基本技となる『砕動風《さいどうふう》』であろう。一見したところ、ほとんど速さを感じさせないところに妙味がある。鳥追い女の歩きぶりとしても不自然ではない」

倉地は一目見ただけで、お涼の遣う不思議な体術を言い当てた。

「どうりで昨日は……」

兵馬がいくら足を速めようと、息も乱さずに付いてきたはずだ。

「まともに争って勝てる相手ではない」

倉地は吐き捨てるように言った。

変幻自在な隠し目付に、よほど閉口しているらしい。

「それにしても、驚きましたな」

兵馬は思わず溜め息をついた。

とうに滅びた秘技と聞いている『砕動風』が、いまも伝えられていようとは、にわかには信じられない思いだった。

「世に行われることのない『砕動風』を、あの女《ひと》は、どこで習い覚えたのでござろうか」

「わからぬ」

「あの弁天どのは、そもそもどのような素性のお人なのか……」

「それもわからぬ」

倉地は不機嫌そうに言った。

素性の知れない女から監視されることは、御庭番家筋の矜持が許さないらしい。

「それにしても不思議ですな」

兵馬の知るところでは、弁天お涼の遣った『砕動風』とは、武術と能楽がまだ未分化だった頃から、秘技として伝えられてきた体術ではなかったか。

あるいは山野を漂泊していた中世の傀儡師《くぐつし》が、おのずから身につけた足捌《さば》きとも、さらに役 行者《えんのぎょうじゃ》が遣った縮地術《しゅくちじゅつ》の流れとも言われ、ほとんど伝説の域にある秘技だった。

「それがいまになってよみがえるとは……」

にわかには信じられないことだった。

失われたはずの『砕動風』を遣う弁天お涼が、ますます謎めいた女に見えてくる。

「まるで妖しい花のような……」

兵馬がふと洩らした呟きに、間髪を入れず倉地が応じた。

「逆らいがたい毒がある」

そうだろうか。

毒あると見えるものに毒はなく、毒はないと思われるものに毒はある。

それは決して逆説ではない、と兵馬は思う。

美しいものは毒があっても美しく、あるいは毒あるがゆえに、さらに美しく見えるのかもしれない。

たとえお涼が毒ある花だとしても、

「花は花として愛《め》でたいものです」

と兵馬は余裕ありげに言った。

しかし、お涼が隠し目付であるかぎり、花が花として匂うことはあるまい。

倉地は憐れむかのように、

「おぬしは甘い男だな」

だからいつも、悪い籤《くじ》ばかり引き当てるのだ、と言いたいらしい。

兵馬は苦笑した。

あるいは倉地の言うことが正しいのかもしれない。

凄腕の用心棒、と鉄火場では恐れられても、いつになっても抜けない兵馬の甘さは、裏店の小娘にまで見透かされている。

「拙者、女に甘いと言われて、悔やんだことはござらぬ」

兵馬は意地になって、滑稽なほど胸を張ってみせた。

「おかげで命拾いをしたこともござる」

負け惜しみで言うのではない。

兵馬が窮地に陥ったとき、美しい女に救われたことは一度や二度ではない。

「これからもそうあって欲しいものだな」

倉地は皮肉っぽく笑った。

困った奴だ、と思っているのだろう。

それにしても、弁天お涼の足捌きを、一目で『砕動風』と見破った倉地の眼力は、さすが御庭番家筋、と感心するほかはない。

しかし兵馬はまだ半信半疑だった。

むかし『砕動風』の名を兵馬に教えた師匠も、実際にはその体技を見たことがないと言っていたからだ。

「ともかく、これで当分のあいだ、御目付の監視から逃れられるわけですな」

遠離ってゆくお涼の後ろ姿が、紅葉の葉影に見えなくなると、兵馬はようやくホッとしたように笑った。

「そういうことだ」

つられて倉地も力なく笑ったが、いきなり左腕を押さえてうずくまった。

「イタタッタ」

気が抜けたとたんに、昨夜の傷口が疼《うず》きだしたらしい。

「斬られたときには、さほど痛みは感じなかったが」

これが刀創の恐ろしさか、と倉地は低い声で呻いた。

兵馬にも覚えがある。

「さよう。忘れていたはずの古傷が、何かのはずみで痛みだすこともござる」

ただの脅しではなかった。

とうに治癒したはずの古傷が、いきなり激痛となってよみがえる。

身体の芯に残されている恐怖の記憶だろう。

刀剣で斬られた古傷は、ただの怪我とはわけが違うのだ。

「意地の悪いことを言う」

わしは違うぞ、と瘠《や》せ我慢をしていたが、

「これはたまらぬ」

よほど激しい苦痛に襲われたのか、倉地は見栄も外聞も忘れて顔を歪めた。

六

箱根の関は難なく越えた。

関所では『入り鉄砲《でっぽう》と出女《でおんな》』を厳しく吟味したが、それは江戸の治安維持と、西国大名家の奥方などの逃亡を警戒したからで、お涼のような漂泊の女芸人が、関所役人に見咎められることはなかったらしい。

女には乳改めがあるが、男は旅手形を見せれば難なく通れる。

関所の通過を許されたとき、兵馬は木柵で区切られた女口をちらりと見たが、旅の女たちが並んでいる乳改めの列に、お涼の姿は見えなかった。

「弁天どのは、すでに箱根の宿《しゅく》に入られたようですな」

傍にいれば鬱陶しいが、いないとなると気になる女だ、と兵馬は思う。

「あの女のことだ、どこで監視しているかわからぬ」

倉地は気を抜いてはいないらしい。

「さあ、どうでしょう」

お涼の気質なら、兵馬たちの姿を見かければ、周囲の眼など気にすることなく、真っ直ぐに近づいてくるはずだ。

「あまり気にせぬ方がよいでしょう」

箱根は江戸から二十四里二十八丁、京までは百里二十八丁ある。

「まだ旅は五分の一を来たばかり。すこし手間取ったかもしれませんな」

関所を出てしばらくすると、街道に沿って七丁に及ぶ宿場町が続いている。

箱根の宿には厩《うまや》が多い。

荷駄を運ぶ馬ばかりでなく、山越えする旅人を乗せる馬が、箱根宿には数多く用意されているからだ。

「三島まで四里の山道でござる。無理をして昨夜の傷口が開いては元も子もない。ここからは馬に乗られたら如何か」

兵馬は厩の前に立ち止まって、刀創の痛みを気にしている倉地に言った。

無理にでも倉地を馬に乗せるつもりだった。

小田原から箱根までの山道も、馬を利用した方がよかった、と兵馬はいまになって後悔している。

倉地は瘠せ我慢をしているが、傷口の痛みは尋常ではない。

もし旅の途中で、刀創が膿《う》んで壊疽にでもなったら、将軍家に命じられた遠国御用が果たせなくなる。

ほんとうは、箱根温泉で湯治でもしたいところだが、納宿《おさめやど》を廃止した大坂の動きを見届けるには、時機を失するわけにはいかない。

「そうしよう」

倉地はあまり気乗りしない顔で同意した。

「旦那方は、馬にお乗りかね」

人の良さそうな馬方が、気さくに声をかけてきた。

「軽尻《からじり》なら、坂登り五百二十四文。坂下り四百二十八文が相場でごんす」

倉地の身なりから上客と見たらしい。

軽尻とは宿場で雇う駄馬のことで、鞍を置いて人を乗せるが、手荷物が五貫目までならず人と一緒に運んでくれる。

本馬《ほんま》は、もっぱら荷駄を運ぶ屈強な馬で、三十六貫目の荷駄を背負わせることができる。

女子《おんな》どもが乗る軽尻は、もはや役に立たなくなった老馬か、はじめから馬力が劣る駄馬なので、重い荷駄を背負う本馬に比べたら、いかにも貧弱でみすぼらしく見える。

「このような貧弱な馬に乗るのか」

倉地は瘠せた軽尻を見て惨めな気分になったらしい。

逞しい騎馬に乗り慣れている倉地から見れば、とても馬などと言えるような代物《しろもの》ではないのだろう。

「こっちの本馬なら、坂登り七百八十一文、坂下り六百六十八文が相場だ。その代わり、荷を運ぶための鞍はあっても、人の乗る鞍はありませんぜ。尻の痛えのは我慢してもらわにゃならねえが、それが承知なら本馬にしなせえ」

たとえ本馬にしたところで、本来が荷駄を運ぶ駄馬だから、脚は短く背は低く、いつも倉地が乗っているような騎乗専門の馬とは比べものにならない。

「いやいや、軽尻でよい」

兵馬は気の進まないらしい倉地に代わって返答した。

「あまり威勢のよい若駒だと、激しく揺られて傷口が開く恐れがある。とぼとぼと歩く駄馬の方が傷口には障りませんぞ」

どうにか倉地をなだめて、みすぼらしい駄馬に乗せると、兵馬は肩の荷を下ろして、鞍の後輪《しずわ》に結びつけた。

身軽な隠密旅なので、二人の荷物を合わせても、重さは三貫目を出ないだろう。

「荷は重かろうが軽かろうが、駄賃は一文だって負けられねえ」

人の良さそうな馬方は、吝嗇《けち》なことを言いながら、瘠せ馬の短い首をパタパタと叩いた。

箱根宿の右手には、神秘的な湖が広がっている。

湖畔の紅葉が水中に影を引いて、湖面は燃えるような輝きに照り映えていた。

湖面に映る逆さ富士は、山頂に薄く雪を戴いているらしい。

「ほほう！」

と兵馬は思わず感嘆の声をあげたが、残念ながらその後が続かない。

瘠せ馬の一歩先に、差し縄を引いている馬方がいるので、いつものように立ち入った話ができないからだ。

「あれが芦ノ湖《あしのこ》でござるか」

「さよう」

兵馬にうながされて、倉地は山中に広がる湖に眼をやった。

水は透明に澄みわたっている。

「江戸の水道に欲しいものでござるな」

「さようじゃな」

これでは話の継ぎ穂が繋がらない。

しばらくして、

「乗り心地は如何でござる」

兵馬は話題を変えてみたが、

「まあまあ、じゃな」

差し縄を引いている馬方を気にしてか、あたり障りのない返事しか戻ってこない。

わざとらしいやり取りに飽きて、兵馬は道中を無言のまま押し通した。

平坦な道が続いた芦ノ湖を過ぎ、急勾配の箱根峠にさしかかってからは、さすがに兵馬も息が苦しくなって、意味のない無駄話などする気は失せている。

無口な客と思ったのか、馬方は気を利かしたつもりで、どうでもよいことを話しかけてきた。

「このあたりは山中《やまなか》と呼ばれているが、いつも濃い霧がかかっていて、ほとんど晴れ間を見ることのねえところだ。一年を通じて霧が深えので、真夏にも蚊は出ねえし蝿もいねえ」

そう言われてみれば、谷底から霧が湧き出すのか、鬱蒼とした樹々の影が、ぼんやりと白く濁っている。

「もっとも蝿は蝿でも、物騒なごまの蝿は出るらしいがね。だが、心配はいらねえ。あっしのような顔の利く兄いが一緒だと、追い剝ぎも恐れて出て来ねえから。あっしの馬に乗ってよかったねえ。まったく旦那たちは運がいいぜ」

黙って聞いていると、いい気になった馬方は、いかにも自慢たらたらと、恩着せがましいことを言いだした。

「おや、天気が変わったようだぜ」

ほんとうに霧が湧いてきたらしく、先ほどまでの好天は嘘のように、陽光は動きの早い雲に遮られて、あたりは夕刻のように暗くなった。

「ここが箱根越え一番の難所だが、峠を越えれば下り坂になりますぜ」

あたり前のことを言いながらも、さすがに山越えを生業《なりわい》にしている馬方だけあって、馬の踏む足場は慎重に選んでいる。

「もうすこし行けば、笹原に出ますが、どうも天気が思わしくねえ。このまま霧が深くなって、途中から雨にならなけりゃいいが。ここで大雨に降られたら、馬も人も急坂に滑って尻餅をつき、そのまま谷底までずり落ちるしかねえ。落ちねえまでも、へたに転んで馬の脚でも折られたら、こちとらは大損害でさ」

たとえ雨は降らなくとも、霧で湿った地面は滑りやすくなっている。

足場が悪ければ、兵馬の『飛剣夢想崩し』は遣えない。

ここは武芸者として心得ておくべきことであろう。

馬方の脅しに乗ったわけではないが、兵馬は念のために、磨《す》り減った草鞋《わらじ》を捨てて、腰に下げてきた新しい草鞋に履き替えた。

「おっと、ただ捨てるのはもったいねえや。そいつはいざとなったら馬の餌になるんだ。遠慮なく頂いておきますぜ」

抜け目のない馬方は、兵馬が捨てた草鞋を拾って、鞍の刳形《くりがた》に結び付けている。

笹原の急坂を下って、やや平坦になった街道をしばらく行くと、大しぐれ、小しぐれと言われる三ツ屋を通って、人跡の絶えたような『はつねヶ原』へ出る。

「このあたりは特に寂しくて、いつ通ってみても薄気味の悪い道ですぜ。こんな寂しいところには、地獄の亡霊も出ては来るめえ、と言われているくれえで……」

霜枯れした荒野を見て、急に肌寒さを感じたのか、それとも何かに脅えたのか、馬方は慌てて襟元を掻き合わせた。

「親方でも恐いものがあるのかね」

兵馬は口の減らない馬方をからかってみた。

「そりゃ、ありますぜ。旅の空には怪談話が付きものだが、こんな薄気味の悪いところで、ぞっとするような美しい女に出遭ったとしたら、旦那ならどうしなさるね」

いきなり妙なことを言いだしたが、どうせ馬方どもの暇つぶしにでっち上げた与太話だろう。

「このような寂しい荒野に、絶世の美女が住んでいるのかね」

ここから足柄山《あしがらやま》までは遠くない、まさか金太郎を育てた山姥《やまうば》の昔話じゃあるまいし、と兵馬は可笑《おか》しかった。

「住んでいるというよりも、憑《つ》いていると言った方がいいかもしれねえ」

やはり子ども騙しか、と兵馬は莫迦《ばか》らしくなり、

「女が恐いのかね」

わざと挑発するような言い方をした。

「ただの女なら恐くはねえが……」

強がりを見せようとした馬方は、なぜか途中で言いよどんだ。

すると頭上から鋭い声が響いて、

「勿体《もったい》ぶらずに話してみよ。ここで美女殺しがあったのであろう」

これまで黙り込んでいた倉地が、みすぼらしい瘠せ馬の上で、すべてはお見通しだと反り返っている。

「旦那、知っていなさるんですかい」

馬方は滑稽なほど驚いて、分厚い唇を戦慄《わなな》かせた。

倉地は畳みかけるように、

「殺されたのは、ぞっとするほど色っぽい年増女であろう。殺したのはその女の情夫だ。おそらく嫉妬に狂って、浮気性の情婦を、かっとなって刺し殺した、というところか。このような草深い山中まで、女をわざわざ連れ出したとは思われない。殺された女、殺した男は、一緒に旅をしていた漂泊の旅芸人ではなかろうか。ひょっとしたら、そちが三島からこの瘠せ馬に乗せてきた、顧客であったかもしれぬな」

倉地は退屈しのぎに、口から出まかせを言っているらしかったが、それを聞いた馬方は、見るも気の毒なほど蒼白になった。

「ど、ど、どうして、知っていなさるんで？」

馬方の顔は恐怖で歪んだが、倉地は手心を加えることなく、

「殺しに立ち合ったのだな」

と決めつけた。

「あっしは、ただ見ていただけでして……」

倉地に図星を指されたのか、馬方は急にガタガタと震えだした。

「それだけではあるまい。たぶん殺した男に刃物で脅され、殺された女の死体を引き摺って樹の下まで運び、土中に埋めるのを手伝っている。違うか」

倉地は容赦のない言い方をして、人のよい馬方を脅しつけた。

「へい。なりゆきで……」

馬方はへなへなと座り込んだ。

「それからというもの、このあたりを通るたびに、殺された女の亡霊を見るようになった。女は殺される前の婀娜《あだ》な姿で、いまも霜枯れた荒野を彷徨《さまよ》っている。おぬしにはそれが見えるのであろう。今日のような霧の深い日にはなおさらのことじゃ」

「か、か、勘弁してくだせえ」

馬方は枯れ草の上を這いずりまわって絶叫した。

「殺した男はどうなったのだ」

倉地は追及をゆるめなかった。

「あそこに見える松の枝にぶら下がり、首を吊って死にました」

「どこだ。どの松の木だ」

「あそこで、あの松の木でごぜえます」

馬方は震える手で指したが、恐る恐る首吊りの松に眼を向けると、

「いる。今日も来ている」

鶏が締め殺されるような叫び声をあげた。

「たわごとを申すな」

兵馬は震えている男の指先に眼をやった。

街道に沿って黒松の並木が連なっている。

白い霧が流れている。

馬方が恐る恐る指しているのは、いかにも首を吊りたくなるような、枝ぶりの立派な老松だった。

「誰がいるのだ。男か、女か」

どうしたことか、兵馬の眼にも、老松の下にぼんやりとした影が見える。

「あの女です。ぞっとするような色気で、惚れた女を殺してしまった哀れな男の亡霊を、いまも悩ませているのでござえます」

「殺した男が亡霊なら、殺された女も亡霊であろう」

見えるはずがない、と兵馬は思う。

それなのに、老松の下に立っている人影は、霧の流れが変わるごとに、濃くなったり薄らいだりしながら、人らしい姿がしだいに鮮明になってゆく。

「亡霊のはずはねえ。あの女は生きている」

馬方は眼が据わって、矛盾だらけのことを言っている。

女は刺し殺されたはずではなかったのか。

「生きているって？」

兵馬は思わず馬方の肩を揺さぶった。

「どうして、そのようなことが言えるのだ」

「わからねえ」

混乱しているようだった。

「あれは亡霊ではあるまい。たしかに人であろう」

瘠せ馬の背から倉地が言った。

「わからねえ」

恐怖に駆られた馬方は、憑かれたように眼を吊り上げ、頭を掻きむしった。

霧が動いた。

そうではない、霧の中の人影が動いたのだ。

こちらに向かって近づいてくる。

荒涼とした原野に風がわたる。

霧が吹き払われた。

ぼんやりと見えていた人影が露わになる。

美しい女だった。

「待ちましたよ」

と女が笑った。

七

一歩ごとに富士が近づいてくるようだった。

三島から沼津へ向かう頃には、やや天気も回復して、まだ灰色に曇っている空を背景に、長い裾野を引いた富士山が、影絵のように浮かび上がった。

「もし箱根が晴れていたら、市の山峠から見える富士が絶景だったんだけど、生憎あのときは霧が深くて、山並も白く霞んでいたわね」

はつねヶ原の首吊り松の下で、たまたま兵馬と再会した弁天お涼は、箱根の山中で何をしていたのか、あえて語ることはなかったが、深い霧に迷いながら、兵馬たちと前後して山越えしたことはたしからしい。

箱根から雇った駄馬は、三島宿で東下りの客を拾って、もと来た道を引き返すという。

まだ傷口が疼いている倉地は、三島から新しい馬に乗り替えることにした。

「姐さんには驚いたぜ」

これから箱根に帰るという馬方は、いかにも恨めしそうな顔をして、鳥追いお涼に苦情を言った。

「あのときは死ぬかと思った。あんな恐ろしい目に遭ったのは、どうした因果か知らねえが、こうして話しているいまだって、そこにいなさる姐さんが、亡霊のように見えて仕方がねえ。あそこは死霊の彷徨《さまよ》っている異界なのかもしれねえな」

「莫迦なことを、お言いでないよ」

　お涼は鼻先でせせら笑った。

「亡霊とまちがえられたあたしこそ、いい迷惑というものさ。亡霊はおまえさんの中に棲んでいるんだ。そいつを本気で叩き出すには、かなりの荒療治が必要のようだね」

　お涼に色っぽく睨まれると、減らず口を叩いていた馬方は、くわばらくわばら、と唱えて首を縮めた。

　三島で雇った駄馬は、箱根の瘠せ馬よりはましだった。

　お涼が馬喰《ばくろう》たちと交渉して、見た目にも恥ずかしくない駄馬を選ばせたからだ。

　馬方にも無駄口を叩かない男を選んだ。

　怪我人の倉地を駄馬に乗せると、お涼は当然のような顔をして、兵馬と並んで歩きだした。

　貸し馬の交渉をしたからには、身分違いの旅芸人と浪人者が、一緒に旅する名分も立ったと思っているらしい。

　三島は江戸から二十八里二十丁、京へはまだ九十七里ある。

「沼津まで出れば、江尻《えじり》までの舟があるから、もうしばらくの辛抱ですよ」

　お涼は馬上の倉地を励ました。

遠国御用に出たばかりの小田原で、倉地に無理な仕事を請け負わせ、怪我をさせてしまったことを、多少は気遣っているらしい。

沼津から舟に乗れば、東海道の原宿、吉原、蒲原《かんばら》、由井、奥津《おきつ》の宿場を素通りして、江尻まで十一里半を寝てすごせる。

「駄馬に揺られるよりは楽であろう」

倉地もすこしは元気を取り戻したようだった。

黄瀬川に架けられている土橋に出た。

わずか三十八間の板橋だから、全長が四十三間ある日本橋より、五間ほど短いことになるが、板を張った上に土を盛っただけの素朴な造りなので、こちらの方がはるかに細長い橋に見える。

「源氏と平家の軍勢が、たがいに睨み合った富士川の合戦のとき、頼朝公が陣を張ったという黄瀬川がこれか」

倉地は馬上に籠手をかざして、富士川の流れているあたりを眺めている。

「ここからでは、平家が陣を敷いていたという富士川など、どこにあるか見えないではないか。源氏の大将ともあろう者が、ずいぶん遠方に陣を張ったものだな。このように離れていては、軍勢を指揮することなどできなかろうに」

倉地は訝しそうに呟いている。

駄馬の背でも、路上よりは見晴らしが利くらしい。

武家政権を樹立した頼朝は、合戦を人任せにして憚らぬ、卑怯で臆病な男だったのかもしれない、と兵馬はふと思った。

兵《つわもの》どもは命をかけて前線で戦い、大将は遥か後方で高見の見物か。

「黄瀬川と言えば、奥州から駆けつけた九郎御曹司《おんぞうし》が、頼朝公と兄弟の対面を果たしたところでござるな」

その九郎判官義経も、宿敵の平家を滅ぼしてからは頼朝に疎《うと》まれ、諸国を逃げまわった末に、奥州平泉の藤原秀衡《ふじわらひでひら》の庇護を受けていたが、秀衡が死んだ直後に、跡を継いだ泰衡《やすひら》に殺された。

泰衡では頼朝の圧力に抗しきれなかったからだ。

そして義経を殺した泰衡も、これを機に北上してきた頼朝の軍勢に滅ぼされ、奥州平泉百年の栄華はあえなく潰《つい》えてしまう。

世の中には人を使役して利を得る者と、人に利用されて滅びてゆく者があるらしい。

残念ながら、兵馬の知る者はいずれも後者ばかりだ。

たとえば赤沼三樹三郎のように、と思って兵馬は憂鬱になった。

「あら、お二人とも詳しいのね。よかったら商売道具の三味線で、黄瀬川の陣でも語りましょうか」

駄馬を引いている馬方の眼を意識しているのか、お涼はめずらしく女芸人らしいことを言いだした。

倉地が苦い顔をして止めたのに、兵馬は気がつかないふりをして、

「それは珍重。是非お聴きしたい」

こんな機会に、と鳥追いの三味線を聴きたがった。

あまり調子に乗って隠し目付をからかえば、後が恐いぞ、と倉地は疑心暗鬼に駆られているようだったが、兵馬はあまり気にならなかった。

「それでは『源平盛衰記』の一節を。本来なら琵琶の曲に合わせて語るのだけれど、とりあえず三味線で我慢してね」

お涼はぺんぺんと弦を爪弾いて、三味線の音合わせをすると、よく響く朗々とした声で、富士川を挟んで源平の軍勢が対峙した『清見が関』の一節を謡《うた》いだした。

南と西を見渡せば、
天と海と一つにて

高低眼《まなこ》を迷わせり。
東と北とに行き向かへば、
礒と山と境ひて
嶮難《けんなん》足をつまだてたり。
岩根《いわね》に寄する白浪は、
時さだめなき花なれや。
尾上《おのえ》に渡る青嵐《せいらん》も、
折り知り顔にいと凄まじ、
汀《みぎわ》に遊ぶ鷗鳥《かもめどり》、
群れ居て水に戯れ、
叢《くさむら》に住む虫の音
とりどり心を痛ましむ。

源氏の奇襲に驚いた平家の大軍が、総崩れになる直前の、緊張感あふれる清見が関のようすを語る一節だが、
「どこが『源平盛衰記』ですかい」

勇ましい合戦場面を期待していたらしい馬方は、美文を連ねたお涼の弾き語りに不満らしかった。

「われらにも意外でしたな」

兵馬も同じようなことを言ったが、むろん馬方の見方とは違っている。

血なまぐさい合戦場面ではなく、海山に広がる清見が関の情景を選んだことに、お涼の別な面を見たような気がしたのだ。

「三味線の弾き語りで『盛衰記』を聴いたのは初めてでござる」

倉地は当たり障りのない言い方をしたが、冷血非情な隠し目付と思っていた弁天お涼が、意外な面を見せたことに、内心では驚いているらしい。

「あまり評判がよくないらしいわね。それじゃ、鳥追いは鳥追いらしく、三味線に乗せて『松の葉』の一節でも唄おうかしら」

弁天お涼は愛想よく笑って、どこまでも女芸人らしく振る舞っている。

それが却《かえ》って恐ろしい、と倉地は思っているらしく、

「めずらしい曲をお聴きした。おひねりも出さないわれらに、これ以上のご厚意は無用でござる」

なんとか丸く収めようと、柄にもなく気を遣っている。

お涼は倉地の恐縮ぶりを面白がって、

「取るに足らない鳥追い女でも、芸人には芸人としての意地があります。どんなお客さんからでも、きちんとお銭《あし》の取れるような芸を披露しないことには、あたしとしても引っ込みがつきませんよ」

意地になっているようなそぶりをしてみせた。

「ぜひ聴いてみてえものだ」

大人しそうに見えた馬方も、調子に乗ってはやし立てる。

大丈夫だろうか、と兵馬は危惧した。

弁天お涼の本業は、老中首座に直属している隠し目付で、鳥追い女に変装しているのは、あくまでも仮の姿にすぎない。

いくら鳥追いの芸を求められても、本物のようにゆくはずはない。

兵馬の心配をよそに、お涼は手なれた三味線をぺんぺんと掻き鳴らして、節まわしも巧みに唄いだした。

うそのかたまり
まことの情け

この真ん中にかき暮れて
降る白雪の人心《ひとごころ》
人心
積もる思ひと
つめたいと
わきて言はれぬ
世の中に

「姐さんは見かけとほんとが大違いだ」

お涼が唄い終わると、遠慮というものを知らない馬方が、不満そうな声で、ぼそっと言った。

「ちょっと、聞き捨てならないわね。それって、どういう意味なの？」

お涼が柳眉《りゅうび》を逆立てたので、それを見た倉地は大あわてで、不用意なことを言った馬方を叱りつけた。

「無礼なことを申してはならぬ」

「いいのよ、おさむらいさん。ちょっと聞いてみたかっただけ」

お涼は瞬時に気分を入れ替えて、かえって倉地をなだめるという腹芸を見せた。

馬方はぼそぼそとした声で、

「気を悪くしたんなら、許してくんりょ。これほど色っぽい姐さんが、なぜか唄う歌には色気ってものが感じられねえ。そこんとこが、どうも解《げ》せねえ、と思っただけでごぜえます」

悪びれたようすもなく、訝しそうに呟いている。

「色気、色気と、つまらぬことを期待するな」

兵馬は野卑な馬方を叱りつけたが、笑みに隠されたお涼の顔色が、ほんの一瞬だけ、わずかに曇ったのを見逃さなかった。

非情な隠し目付、冷酷な殺人鬼、色気を武器にしながらも、決して色気に溺れることのない弁天お涼が、わずかに見せた心の乱れだったのかもしれない。

もしそうだとしたら、無智な馬方の何気ない一言が、鋼鉄の鎧に覆われたような隠し目付の、図星を突いたのではなかろうか。

そうなると、お涼の唄った、どうということのない端歌《はうた》が、いかにも意味ありげなものに思われてくる。

兵馬は声には出さず、三味線の曲もつけず、端歌のせりふを唄ってみた。

嘘の塊、真の情け、この真ん中に掻き暮れて、降る白雪の人心。

意味ありげと思えば、どれも意味ありげに思われてくるが、お涼が何故この端歌を唄ってみせたのか、兵馬にはよくわからなかった。

もう一度くり返して唄ってみる。

嘘の塊、真の情け、この真ん中に掻き暮れて、降る白雪の人心。

そうか、と兵馬は突然に思った。

これは弁天お涼の告白の歌だ。

冷酷非情な隠し目付として、隠密御用をつとめるお涼、これは『嘘の塊』、すなわち仮面にすぎないのではないだろうか。

お涼はその内面に『まことの情け』を持っていると言いたいのだ。

色気たっぷりの鳥追い女、これもお涼の仮面であり、あくまでも仕事の方便として、漂泊の旅芸人に身をやつしているにすぎない。

これも嘘のかたまりなのだろう
しかし『まことの情け』とはなんだろう。

お涼が一瞬の乱れを見せたのは、この真ん中にかき暮れて、仮面を外した姿なのかもしれない。

わからないのは、お涼の『積もる思い』だが、そこまで推し量るのは、無粋な兵馬にできることではなかった。

あるいは、幾重にも仮面を付けているこの女には、『真の情け』も『積もる思い』もなく、仮面の下にも仮面があり、さらにその仮面を剝がしてみても、その下にはただ虚無が広がっているだけなのかもしれない。

降る白雪の人心とは、そんなお涼の心情をあらわしているのではないだろうか。

白雪は見た目に美しいが、その実体はなく、ひたすらに冷たく悲しい。

それがお涼という女なのではないだろうか。

「もうすぐ沼津に着くわよ」

兵馬に見せた一瞬の乱れなど忘れたかのように、お涼は旅芸人の女らしい蓮っ葉な口調で、それぞれの思いに沈んでいる道連れたちに、いかにも元気そうな声をかけた。

沼津は水野出羽守《みずのでわのかみ》五万石の城下町。

江戸からは三十里二丁、京までは九十五里半。

沼津港の三枚橋から出ている乗り合い舟に乗れば、江尻までの十一里半を、好きなだけ寝てゆくことができるだろう。

# 五章　うたかたの女

## 一

舟の旅は必ずしも快適とは言えなかった。

駿河湾は波が荒い。

沼津を出た乗り合い舟は、沖の高波に翻弄されて、青黒いうねりに呑み込まれそうになったのも、一度や二度のことではない。

風向きがよければ、白帆に風を受けることもできるが、この季節には逆風が吹いているので、八挺《ちょう》の艪《ろ》で漕がなければ、思うように舟を動かすこともできない。

そのうえ乗り合い舟は混み合って、江尻まで好きなだけ寝ていける、という虫のよい思惑も外れてしまった。

しかも乗り合い舟の座席は、客の数に比べて狭すぎるので、身動きもままならないほど窮屈だった。

うねるような横波を受けて、舟がぐらりぐらりと傾くたびに、兵馬の膝に弁天お涼の柔らかい股《もも》が押し付けられるので、どうにも落ち着かない気分のまま、じっと身を固くしている他はない。

お涼は平気な顔をしているが、冷酷非情な隠し目付が、内心では何を思っているのか知れたものではなかった。

「これでは歩いた方が楽であったか」

舟に乗れば楽ができると、よからぬことを期待していた兵馬は、沖に出てしまった舟から下りることもならず、小声で愚痴っぽく呟いてみるより他はない。

「舟旅なんて、こんなものですよ」

お涼はつんと澄ましている。

しかし、対岸の景色はまんざらではなかった。

五反田から西まかどにかけて、白浜の続く海岸に沿って、枝ぶりのよい千本松原が連なっている。

田子《たご》の浦《うら》の沖合から、波越しに眺める富士山は、文字どおりの絶景だった。

「江戸の富士とは、だいぶ趣《おもむき》が違うようだな」

倉地が言うように、田子の浦から見る富士は、左右に長々と裾野が延びて、海岸までも呑み込むような勢いがある。

「あたしは江戸の富士が好きですけど」

お涼は意外に平凡なことを言う。

江戸から見た富士の姿が、どっしりと安定していると思われるのは、日頃からその形を見慣れているからではないか。

兵馬も海上から富士山を見るのは初めてだった。

「拙者は甲州で見る富士が好みでござるが、こうして田子の浦から見る富士も、なかなか悪くないですな」

甲斐の都留《つる》から見た裏富士は、稜線がそそり立って嶮しく厳しいが、田子の浦に浮かぶ富士は山容も優しく、ゆったりと裾が広がっているので雄大に見える。

三人で取り留めのない会話をしていると、

「姐さんは小唄をなさるのかね」

渋柿のような顔をした嫌味な親爺《おやじ》が、三味線を背負っているお涼を見て、気やすく声をかけてきた。

「ええ、旅から旅の渡り鳥ですから」

お涼は気さくに答えている。

「それならひとつ、姐さんの喉を聴かせてもらえんかね」

旅芸人の女と知って見くびったのか、渋柿面《づら》をした親爺は、つんと澄ましているお涼に向かって、さあ唄え唄え、と強引にねじ込んできた。

「あたしの唄は陰気くさくて、他のお客さんが迷惑しますから」

お涼が婉曲《えんきょく》に断っても、親爺はしつこく食い下がって、

「そんなことはねえ。こういった舟旅ってえものは、なにかと退屈なもんだ。同舟しているみなさんも、きっと姐さんの唄を聴きたがっているに違いねえ。ねえ、みなさんがた、そうじゃありませんか」

同舟した乗客たちに向かって、大きな声で同意を求めた。

少し酒が入っているらしい。

「そうだ、そうだ。ぜひ唄ってもらいてえ」

乗客の中に応じる者がいたので、親爺はますます増長して、

「みなさんもそう言っていなさる。おいらはこの近在じゃあすこしは知られた男だ。言い出したからには、後には退けねえ性分でね」

無理にでもお涼に唄わせようと、しつこく迫ってくる。

「はばかりながら、あたしは三味線で身を立てている女ですよ」

お涼は紅い唇に片袖を当てると、おっほほほ、とわざとらしく冷笑した。

「芸を売るのは身を売ること。あたしに無理やり唄わせようと言うからには、それなりの覚悟はできているんでしょうね」

色っぽく睨んでみせたお涼の眼に、なぜか危険なものを感じて、兵馬はさり気ない風《ふう》を装って止めに入った。

「まあまあ、もうすこし穏やかにできないものかね。旅芸人だろうが、お大尽だろうが、乗り合い舟に乗れば同じ客だ。唄いたくないものを無理強いすることはなかろう」

貧しい浪人暮らしはしても、兵馬にはどこか武士としての威厳がある。

いや、長い浪人暮らしのあいだに、おのずから身につけた自在さが、なまじ俸禄に縛られている武士などには及びもつかない風格となっている。

酔っぱらいの渋柿親爺は、兵馬が軽く咎めただけなのに、ぎょっとしたように硬直して、ろくに返事もできないほど萎縮してしまった。

それを見て気の毒に思ったのか、

「いいんですのよ、おさむらいさん」

お涼は他人行儀の顔をして、その場を取りなすように言った。

「鳥追いはあたしの商売ですから、唄えと言われたら、誰の前だって唄いますけど、芸人は芸で食べています、おひねりをお忘れなく、と念を押しただけですわ」

大丈夫だから、とお涼は言外に言っているらしかった。

怒っているわけではない。

仕事とかかわりのない者を殺しはしない。

心配しないで。

女芸人らしくするから。

兵馬はすぐにお涼の気持ちを読み取って、
たしかなのか、と無言で伝えた。

約束するわ、とお涼の眼は言っている。

わかった、と兵馬も眼で合図を返し、

「あやうく商売の邪魔をしてしまうところであったな」

照れたように笑いながら、それではお手並み拝見、と舟端に凭《もた》れて、鳥追い唄の聴き手にまわることにした。

御庭番家筋の倉地が、この騒ぎにも平然としているのは、隠し目付お涼の仕事ぶりを、熟知しているからに違いない。

鳥追いに化けたら鳥追いに徹して、どんなに嫌味な客であろうとも、芸を売ることを拒まない。

江ノ島では裸弁天に化け、東海道では漂泊の旅芸人に化ける。

その場に応じて、みごとな七変化《しちへんげ》を演じ分けるのが、弁天お涼の特技なのだろう。

仮面を付けるだけではなく、その内面にまで同化してしまうのが、隠し目付として恐れられているお涼という女の、凄味といえば凄味なのかもしれなかった。

「それでは、吾妻浄瑠璃《あづまじょうるり》の一節でも唄いましょうか」

三味線を手にしたお涼は、音合わせのために弦を爪弾きながら、乗合い舟の乗客たちをひとまわり見わたして、女芸人らしい愛嬌をふりまいている。

隠密御用に出たときには、できるだけ目立たないようにするものだと思っていたが、お涼の遣り方はそれとは違うようだ。

昨日の道行きもそうであったが、お涼は街道筋の噂になるようなことを平気でする。

目立てば目立つほどわからなくなる。

むしろ目立つことによって、逆に隠されてしまうものがある。

お涼はそれを狙っているのだろうか。

いつか狂女と鳴神の
とどろとどろと中空に
立ち入る雲の跡もなく
浮きて漂《ただよ》ふばかりにて
其処《そこ》ともいさや、しら露の
置きまよふ身は浅茅《あさじ》が原
まだき色づくわが袖に
誰《たれ》ゆえ月は宿るぞと
余所《よそ》になしても訪《と》へかしな

お涼は三味線に合わせて唄いだした。

いつか狂ってしまうのではないか、と煩悶する女の心情を、さながら映し出したような雷鳴が、どろどろどろと鳴り響く場面では、お涼の撥捌きは一段と激しくなる。
白露が宿っている浅茅が原や、ひとり男を待つ女に照る月には、弦の音を長鳴りさせ、静かに高まってゆく哀感を唄いあげる。

「いい声だねえ」

「声もいいけど三味線もみごとだ」

「これを聴いたからには、おひねりを出さずにはいられないね」

「それにしても陰気な唄ではないか」

「はじめから、鳥追いの姐さんも言っていたことだ。いまさら文句は言えめえよ」

「女はこのまま狂ってしまうのかね」

「憎い男もいたものさ」

お涼の唄を聴きながら、乗客たちは勝手なことを言っていたが、三味線の音が高鳴るにつれて、黙って耳を傾けるようになった。

深き心は浅草の
葉末《はずえ》に結ぶ白玉《しらたま》か
光さやかに隅田川
絶えず流るる水の泡
うたかた人は恙《つつが》なく

ありやなしやと声たてて
問へど答へぬ待乳山《まつちやま》
夕越えくればゆふ崎の
庵《いほり》かたぶく板庇《いたびさし》
荒れての後は風あてて
ふわふわ不破《ふわ》の関ならば
鶏の空音《そらね》やはかるらん

乗り合い舟の客には、江戸者が多いらしく、浅草、隅田川、待乳山などの地名が唄われるたびに、ふう、ほう、と懐かしそうに溜め息をついている。

この曲は、たしか吾妻浄瑠璃の『狂女』だが、と倉地は兵馬の耳元で囁いた。

何か気になることがあるらしい。

定信の意を受けた隠し目付のお涼が、どういうつもりでこの曲を唄っているのか、兵馬としても気にならないこともない。

ゆく河の流れは絶えずして、しかも、もとの水にあらず、という『方丈記』の章句を、兵馬は不意に思い出した。

よどみに浮かぶうたかたは、かつ消え、かつ結びて、久しくとどまりたるためしなし、と鴨長明《かものちようめい》は続けている。

お涼の唄う吾妻浄瑠璃に『光さやかに隅田川、絶えず流るる水の泡、うたかた人は恙なく、ありやなしやと声たてて』とあるのは、明らかに『方丈記』の本歌取りだろう。

それならば、後に続く『あしたに死に、夕べに生まるるならひ、ただ水の泡にぞ似たりける』という章句も、お涼の脳裏には浮かんでいたはずだ。

そして『知らず、生まれ死ぬる人、いずかたより来たりて、いずかたへか去る』という生の実存を問う章句も、お涼は意識していたに違いない。

仮面の下にも仮面があり、さらにその下には虚無が広がっている、と見えた弁天お涼の心には、底知れない無常の思いが、隠されているのかもしれない。

そんな兵馬の思いをよそに、お涼は三味線を掻き鳴らしながら、あたかも『狂女』になり変わったかのように、どこか意味ありげな吾妻浄瑠璃を唄い続ける。

ゆるさぬものを逢坂《あふさか》の
人目の関の忍ぶが岡

よし不忍《しのばず》が池の面《おも》
げに潔《いさぎよ》き清水村
弓張り月の入佐《いるさ》の森
谷中《やなか》の木立茂りつつ
花の盛りは三吉野《みよしの》の
吉野よりなほ上野山
のぼれば下る車坂
かなたこなたと見渡せば
群集《くんじゅ》の貴賤とりどりに
だてを下谷《したや》の町とかや

江戸の地名めぐりは、忍岡、不忍池、清水、入佐、谷中、上野、車坂、下谷と続くが、これらの文飾を取り去れば、江戸の街をさ迷いながら、許されない恋の相手と忍び逢う女の情念が、狂おしいほどに伝わってくる。

面白《おもしろ》小袖引きちがへ

上着上着の色々に
模様もよしやよしなか染め
燻《くゆ》る思ひの数々に
言はで只にや山桜
霞の間よりほのかにも
見てし人には逢ひたらで
浅黄《あさぎ》縮緬《ちりめん》茶縮緬《ちゃちりめん》
鬱金《うこん》紅樺《べにかば》薄鼠《うすねずみ》
色ある人に見せばやな

美しい衣裳で身を飾り、いくら念入りに化粧しても、女は逢いたい男に逢えず、見せたい相手にせっかくの粧《よそお》いを見せることもできないまま、狂おしい思いばかりが募ってゆく。

どういう意味なのだ、と兵馬はとっさに思いをめぐらせてみる。

老中の意を受けた隠し目付として、将軍家直属の隠密にまで恐れられている弁天お涼には、『言はで只にや山桜』、言わずにはすませられないような、数々の『悔ゆる

（燻ゆる）思い』があるというのか。

弁天お涼の身を飾っているのは、浅黄縮緬や茶縮緬の衣裳ではなく、老中から認可されている『生殺御免』という影の権力だろう。

それゆえに悔ゆる思いが燻《くすぶ》っているというのか。

たとえそのとおりだとしても、この吾妻浄瑠璃を語ることで、たまたま同じ舟に乗り合わせた渋柿親爺や見知らぬ他人に、何かを伝えようというのではあるまい。

ただし、と兵馬は思う、冷酷非情なお涼には、ひとり胸を焦がすような、『見てし人』や『色ある人』などありそうもない。

弁天お涼の『見せばやな』という秘めた思いは、いつまでも満たされることなく、燻れてしまうのだろうか。

小島《おじま》の海女の濡れ衣

藻塩かく袖ひとつまへ

繻子《しゅす》や唐綾白緞子《からあやしろどんす》

縫い摺り箔の幅広を

由縁《ゆかり》の色や紫の

縮緬《ちりめん》手ぼそ結び下げ
誰白菅《たれしらすげ》の加賀笠を
眉深々と着なしつつ
なまめきあへる折り柄に
花の木陰は仮の宿

おや、と兵馬は思った。

小島の海女の濡れ衣とは、相模の海を泳いで江ノ島に渡り、岩窟の中で裸弁天になりすましていた謎の女、弁天お涼のことではないのか。

吾妻浄瑠璃に唄われている狂女は、藻塩を搔き取り袖を絞りながら、人の良人《つま》、すでに妻ある男に思いを寄せ、不義密通の歓びに、身を焦がしている女なのか。

お涼が『小島の海女の濡れ衣』と唄ったとき、この狂女とは自分なのだ、と告白したことになるが、『なまめきあえるおりがらに』と、男女の色っぽい濡れ場を唄いあげ、花の木陰に情人と『仮の宿』を結ぶ狂女を、いったい誰に譬えているのだろうか。

心止《や》むなと吹く嵐

蘭麝《らんじや》の勲《かをり》さそひ来て
さりし夕べの頃までは
いと思ひや出《いず》るなる
われも忘れじ洩らさじと
移り香深く重ねきて
つまの行方を白絲《しらいと》の
乱れ心や狂ふらん

いくら求めても情人のゆくえは知れず、女は男への執着と愛戯の記憶に苛《さいな》まれながらも、狂気をかかえて生きてゆく他はないだろう。

哀れと言うも愚かなり、と兵馬は遣りきれぬ思いで聴いている。

お涼は三味線の弦を長鳴りさせると、静かな余韻を残して弾きおさめた。

船中には声もない。

しばらくは、舟端を叩く波の音ばかりが聞こえていたが、

「まずは御祝儀に」

倉地は気前よく懐紙に包んだ一分金を投げ出した。

するとその後は蜂の巣を突いたように、

「いい唄を聴かせてもらったぜ」

「おいらも一度はそんな思いをしてみてえ」

狭い舟の中は一斉に沸き立ち、あちこちから銭を包んだおひねりが飛んでくる。

雨や霰《あられ》のように投げつけられるおひねりを、お涼は三味線の撥で、はっし、はっし、と受けとめて、ばら銭のひとつとして身に当てることはなかった。

すばやく袖をひるがえして、投げられた銭を打ち落とすお涼の姿は、まるで舞台に立った楽人が、優雅な『胡蝶の舞』を踊っているように見える。

兵馬は感心して、お涼の眼にもとまらない撥捌きを見ていた。

隠し目付として恐れられているお涼が、刺客としても凄腕の持ち主であることを、認めないわけにはいかない。

敵には廻したくない女だ、と兵馬はつくづく思う。

倉地も隠密特有の鋭い眼をして、寸分の無駄もないお涼の体捌きを見ている。

「さあ、投げろ。ありったけの銭を投げろ」

すっかり酔いのまわった渋柿親爺は、お涼のみごとな芸に酔ったかのように、銭投げに熱中している乗客たちをけしかけていた。

二

稚児橋《ちごばし》の船着き場から陸に上がった。

江尻宿の町はずれを流れる巴川《ともえがわ》に架けられた、長さ二十間はある頑丈な木橋だった。

日本橋川の半分にも満たない川幅だが、駿河湾を渡る内海の舟は、ほとんどがこの船着き場に停泊している。

稚児橋の東側には宿場町が広がっている。

倉地は暮れてゆく西の空を眺めながら、

「前途ほど遠し、思いを久能山《くのうざん》の夕べの雲に馳す」

歌舞伎役者のような見得を切って、都落ちする薩摩守忠度《さつまのかみただのり》を気取ってみたが、なまじ刀創に苦しんでいるだけに、妙な悲壮感があって洒落にならなかった。

鳥追い女に扮して、抜け目なく鳥目《ちょうもく》まで稼いだ弁天お涼と比べたら、倉地はだいぶ芸が落ちると言わざるを得ない。

江尻は江戸から四十一里半、京へは八十三里二十一丁、ようやく行程の三分の一まで来たところだった。

「今夜はここで一泊しよう」

と倉地は言った。

舟に揺られて疲れたのか、それとも傷口が疼くのか、いまの倉地には江ノ島に強行したときのような元気はなかった。

大竹屋平八《おおたけやへいはち》の営む旅籠に宿を取る。

さすがの弁天お涼も、その晩は天井裏まで忍んでは来なかった。

倉地はホッとしたようだが、兵馬はなぜか物足りなさを覚えている。

お涼の吾妻浄瑠璃を聴いたせいだろうか。

翌朝は早く目覚めた。

「よく寝た」

気持ちよく伸びをした倉地の顔が、いきなり絞り出すような苦痛で歪んだ。

「イタタタ」

倉地は蒼白になった。

ぐっと伸びをした拍子に、せっかく塞がりかけた傷口が、また開いてしまったらしい。

「迂闊《うかつ》であった」

無理をして歩けば、開いた刀傷が熱を持って、化膿してしまう恐れもある。

このようすでは、とても隠密御用は務まるまい。

「すこし休まれた方がよいでしょう」

兵馬は倉地の体調を気遣って、江尻でもう一泊するよう勧めたが、そうかといって、密命を帯びて遠国御用に出た御庭番が、日にちの限られた任務の途中で、寝込んでしまうわけにはいかない。

「大したことはない」

倉地は瘠せ我慢をしているが、動けばやはり傷口が疼くらしい。

昨夜も床に就いてから、悪夢にでも魘《うな》されたような呻き声をあげていた。

「聞くところによれば、五六丁ほど川下の清水港までゆけば、江尻と吉田を往復する船が出ているということでござる。ここはひとつ大事を取って、傷口に無理のかからない船旅にされたら如何か」

兵馬は次善の策として、吉田まで船に乗ることを勧めたが、

「舟には飽きた」

と倉地は気が進まないらしい。

「沼津から江尻までは、乗り合い舟で駿河湾内を横切ったので、陸路をたどるよりもかなり旅程を稼ぐことができた。しかし江尻から吉田へゆくには、遠州灘の外海を渡らねばならぬ。沖合の高波は昨日の比ではあるまい」

たしかに倉地が言うように、遠州灘は波が荒く、沼津から出ていたような乗り合い舟では、海を越えることはできない。

「吉田までゆくには、外海を渡る長旅となるので、清水港から出ているのは五百石、あるいは千石積みの大船でござる。されば沼津で乗った小舟のように、高波に翻弄されることもござるまい」

兵馬は倉地を慰めるために言ったのだが、

「そこが気に入らぬのだ。大船といえども荷船であろう。積荷と一緒にされたのでは、武士としての面目が立たぬ」

あれこれと屁理屈を捏《こ》ねて、船でゆくことに抵抗している。

「何を言われるか」

兵馬は反駁した。

「弁天どのを見られるがよい。どのような素性の女《ひと》かは存ぜぬが、いわば御老中の懐刀《ふところがたな》として、陰では絶大な権力《ちから》を持っているはずでござろう。あの女の恐ろしさは、与えられた任務のためには、徹底して冷酷非情になり得るところではござらぬか。いかなる侮りを受けようとも、艶然としてそれに応え、芸を見せろ、と酔っぱらった親爺に強要されても、芸人らしく鳥目《ちょうもく》を求めて愛嬌を振りまく」

何を言っているのか、と思いながら、兵馬はなおも続けた。

「御用の旅に出るからには、武士の面目などにこだわってはならぬ。これは倉地どのから教えられた隠密の心得でござった」

こだわりを捨てられないのは、武士の意地を貫くために脱藩し、剣に生きようとした兵馬の方ではなかったか。

浪々の身となってからも、兵馬は武士としての矜恃だけは持ち続けた。

武士の生き方とは、利害得失とは別なものだ、と兵馬はいまでも思っている。

「これ以上は、釈迦に説法と申すもの。あとは倉地どのが判断されることでござろう」

兵馬は苦々しそうに顔を曇らせたが、苦い思いは自分に向けられている。

これまで武士の矜恃と思っていたものは、ほとんど実体を持たない、ただのこだわりであったのか。

「あの御目付が鬱陶しくはござらぬか」

兵馬はいきなり話題を変えた。

「どうもあの女は苦手でな」

倉地は苦笑した。

「色っぽい女は嫌いではないが、あの女には底の知れない不気味なところがあって、一緒にいるだけでも妙に疲れる。おぬしは知るまいが、東海道筋の間者たちを罠にかけて狩り出し、一人また一人と殺していった非情な手口は、いま思い出しても背筋が寒くなる」

そのとき受けた刀創がいまも倉地を苦しめている。

「それならば」

兵馬はとっさの思いつきを口にした。

「ひとつ、賭けてみようではござらぬか」

「何を？」

倉地が訝しげに問い返すと、兵馬は思い出したように笑って、

「われらが二手に分かれたら、監視役の隠し目付どのは、いずれかに的を絞らざるを得なくなる。つまり拙者か倉地どのは、どちらがよい籤《くじ》を引き当てるかは存ぜぬが、おたがいに半々の確率で羽を伸ばすことができるのでござる」

なんと妙案ではごさらぬか、と柄《がら》にもなくおどけてみせた。

「おぬしには嵌《は》められたな」

倉地は思わず苦笑した。

「どうあっても、わしを船に乗せようというのだな。わかった。そこまで言うなら、腹を決めて船でゆこう」

迷いから吹っ切れたように、今度こそ船中で寝てゆくぞ、と倉地はつまらないことに張り切っている。

三

意外なことに、兵馬と倉地が海と陸の二手に別れて西へ向かうと聞いても、隠し目付の弁天お涼は反対しなかった。

「その方がいいと思うわ。傷口は早く治すことね」

あっさりと承諾されたので、倉地はかえって不安になったらしい。

「御老中には、どのように報告なさるおつもりか」

お涼は必要もないのに色っぽく笑って、

「ありのままですよ」

取りようによっては、恐ろしいことを言っている。

「弁天どのは、どうなさる」

倉地は不安そうに聞き返した。

「わたくしは陸路をゆきます。酔ったお人にからまれて、唄え、唄え、とせがまれても、船の中では逃げ場がありませんもの」

お涼はおかしそうに笑ったが、やはりそうであったか、と兵馬は妙なところで納得した。

「倉地どの、おひとりで淋しいでしょうが、ゆっくりと養生してくださいね」

聞きようによっては、嫌味とも取られかねないことを、お涼はいかにも優しげに言った。

「そのつもりでござる」

倉地は内心ホッとしたに違いない。

悪い籤を引き当てた兵馬の顔を、気の毒そうにちらちらと見ていたが、

「楽をさせてもらって悪いな」

どうとでも取れるような言い方をしながらも、隠し目付との道中を免れたことを、

ひそかに喜んでいるようだった。

「船旅が楽なものとは限りませんよ」

お涼は何も気がつかないふりをして、倉地が気にしていたことをちくりと言った。

「積荷となって運ばれるには忍耐がいりますから」

たとえそうであっても、絶えず監視されているよりはよほどましだ、と言いたいところを、さすがに倉地は顔色にも出さず、覚悟してござる、と殊勝げに頷いている。

「船賃がかかるでしょう。お手当金が足りなければ、これをお使いなさい」

お涼は背負っていた三味線覆いの中から、ずっしりと重い布袋を取り出した。

じゃらじゃらと、金物の音がするところをみれば、沼津から乗った舟の中で、吾妻浄瑠璃を唄って稼いだばら銭だろう。

「女芸人らしく、鳥目は集めてみたけど、こんな重いものを持って歩けないわ。船旅なら邪魔にはならないでしょう。余ったらどこかのお寺にでも寄進してくださいな」

倉地はしきりに辞退したが、お涼は無理やり押し付けてしまった。

「では御機嫌よう」

倉地を清水港まで見送ると、お涼は当然のように、兵馬と肩を並べて歩きだした。

「せっかく清水港まで来たのですから、海沿いの久能山道《くのうさんみち》をゆきましょう」

お涼は海岸を西に向かった。

久能山は江尻から二里、駿府までは二里のところにあるので、江尻から駿府まで三里という表街道に比べたら、およそ一里は遠回りをすることになる。

久能山道は人気《ひとけ》のない海岸に沿って、東海道を南に迂回しているので、途中には民家らしい民家も見られなかった。

「この道を選んだのは、人目を気にしなくてもよいからです」

お涼は妙なことを言いだした。

小田原宿に出るまでは、ことさら目立つように振る舞うことで、後を付けてきた密偵たちをあぶり出そうとしていたのに、今日はあのときと反対に、人目を避けようというのだろうか。

お涼は箱根で見せた『砕動風』を遣っている。

人目を気にしなくてよい、と言ったのは、憚ることなくこの足捌きを遣ってみたかったからなのか、と思って兵馬はすこし落胆した。

なるほど、この足捌きを遣えば、一里や二里の遠回りなど、さして気にするほどのことではないのかもしれない。

「ここが久能山です」

しばらくは『砕動風』を遣って、滑るように、舞うように、翔《かけ》るように、眼にもとまらない勢いで進んできたお涼は、兵馬が一歩も遅れずに付いてくるのを確かめると、いかにも満足そうに笑った。

「わざわざこの山を見るために、迂回したのでござるか」

兵馬は息を切らしていることを、なぜかお涼に覚られたくはなかった。

「この久能山は……」

とお涼は続けた。

駿河湾の西岸に聳え立つ久能山は、山頂に神君家康公の霊廟が祀られ、幕府の直轄地になっている。

有度山《うどさん》の南端に細く延びた尾根に、もとは真言宗の霊場久能寺があったが、永禄《えいろく》十一年十二月、駿河に討ち入った武田信玄は、ここを戦略的な要地とみて、久能寺を矢部に移し、その跡地に要害堅固な城砦を築かせた。

天正《てんしょう》十年に武田家が滅びてからは、久能山城は徳川家康の領有するところとなった。

家康はこの城を、徳川四天王の第一と言われた榊原康政《さかきばらやすまさ》の兄、榊原七郎右衛門《しちろうえもん》に守らせた。

慶長《けいちょう》十二年には、七郎右衛門に命じて、有度山に繋がる搦手《からめて》を掘り切らせたので、久能山城は四方に孤絶して蒼海に聳え、虎口を南を開くのみで、どこにも攻め口のない堅城になった。

海岸沿いに設けられた大手門から、堅牢無比に積まれた急勾配の石段が、九十九折《つづらお》りに連なって、幾重にも屈曲しながら山頂まで続いている。

七郎右衛門の死後は、家康の厳命で、嫡男の榊原内記照久《ないきてるひさ》が城主となって久能山城を守った。

徳川の軍法を、武田流に改めた家康には、信玄によって築かれた久能山城に、格別の思い入れがあったらしい。

江戸の将軍職を秀忠《ひでただ》に譲った家康は、隠居と称して駿府城に移ったが、その後も大御所として天下に睨みを利かしていた。

なぜ江戸ではなく駿府なのか。

家康は久能山城を詰めの城と考えていたらしい。

もし東西が決裂して、西国の軍勢が攻めてきたときには、この久能山城で迎え撃つ覚悟を決めていたという。

元和《げんな》二年、死期の迫った家康は、遺骸を久能山に埋葬することを厳命した。

遺骸は甲冑を着け、太刀を帯び、西国を睨んだ立ち姿で、葬られたともいう。

家康の遺命によって、久能山には東照宮が築かれたが、久能山城主であった榊原照久は、久能山東照宮の神職となって、終生この地から離れなかった。

榊原内記照久の死後も、久能山東照宮の神職は、神君の遺命を受けた家職として、代々榊原内記家の嫡男が継いでいる。

翌元和三年、久能山に埋葬されていた家康の遺骸は、黒衣の宰相と言われた天海《てんかい》僧正の手で掘り返され、日光東照宮に改葬されたが、久能山は徳川家にとって、なおも特殊な意味を持ち続けていたらしい。

家康の懐刀と言われた本多正純《ほんだまさずみ》は、百万両を超すと言われる東照宮遺金を、駿府城の金蔵から久能山に移している。

「いまも久能山には、百万両の埋蔵金が、眠っているのでござるか」

兵馬が驚いて問い返すと、お涼はおかしそうに声をあげて笑った。

「世俗のことには、恬淡《てんたん》としておられる鵜飼さまでも、埋蔵金のゆくえは気になるのですか」

からかわれているらしい、と兵馬は思ったが、お涼が笑うままにさせておいた。

お涼の真意が何処にあるのか、とっさに見当がつかなかったからだ。

ひとしきり笑うと、お涼は埋蔵金のゆくえを説明した。

「慶安《けいあん》四年七月、由井正雪《ゆいしょうせつ》が叛乱を企てたとき、久能山の埋蔵金を奪って、軍資金に当てるつもりだったようですが、東照宮遺金を掘り出す前に、幕府転覆の陰謀が発覚し、駿府の梅屋に宿泊していた正雪は、宿所を捕り方に包囲され、一味徒党と一緒に腹を切って自決してしまいました」

江戸で楠木《くすのき》流の軍法を講じていた由井正雪は、江尻から三里ほど東にある由井村の出身だという。

久能山に埋蔵金があるという噂は、幼い頃から聞いていたに違いない。

あるかどうか、定かでもない埋蔵金を当てにして、叛乱を企てるとは、たとえ机上の空論を売り物にする軍学者にしても、お粗末極まりない話だ、と兵馬は思う。

しかし噂の真偽を確かめる前に、浪人の蜂起を企てた由井正雪は、陰謀が破れて自殺してしまったわけだ。

「よくある埋蔵金伝説にすぎなかったわけですな」

兵馬はつまらなそうに言った。

「いいえ、東照宮遺金は久能山に埋蔵されていたのです」

お涼は頰笑んだ。

兵馬の反応を楽しんでいるのかもしれない。

「東照宮遺金は、江戸城天守閣、大坂城天守閣、それに久能山の東照宮と、三箇所に分けて埋蔵されていました」

家康が伝えた東照宮遺金は、金山奉行大久保《おおくぼ》長安《ながやす》が掘り出した金脈に、大坂城落城のとき没収した太閤が遺した金の延べ棒を加え、さらに南蛮《なんばん》貿易で得た収益もあって、膨大な額面になっていたらしい。

東照宮遺金は、将軍秀忠のほかに、尾張、紀州、水戸の御三家にも分配されたが、その剰余金が、江戸城、大坂城、久能山城に埋蔵されたのだ。

「でも……」

お涼はまた頰笑んだ。

「由井正雪の一党が刑死した慶安の変から、わずか六年後には、明暦三年の江戸大火に遭って、埋蔵金はことごとく消えてしまったのです」

明暦三年一月十八日、この日は暁の頃から乾《いぬい》（北西）の風が激しく、烈風に吹き上げられた黒い砂塵が、視界を妨げていたという。

夜が明けてもなお、夜のような暗闇が、江戸の街を覆っていた。

前の年の十一月から、八十日にわたって一滴の雨も降らず、井戸や泉は涸れて、地は乾いていた。

江戸の街は発火寸前まで乾ききっていたらしい。

十八日の昼近くになって、本郷丸山の本妙寺《ほんみょうじ》から出火した。

舞い上がる火炎は烈風に煽られて、たちまち湯島天神、神田明神を焼き、神田川の外堀を越えて飛び火すると、お茶の水、駿河台《するがだい》の武家屋敷、鷹匠町《たかじょうまち》の大名屋敷を焼き払い、鎌倉河岸に達したとき、風向きは西に変わって、紅蓮《ぐれん》の炎を一石橋、鞘町《さやちょう》へ吹き上げ、烈風に煽られた火焔は、人魂のように宙を飛んで伝馬町《てんまちょう》に及んだ。

勢いを得た火焔は、大川を飛び越えて対岸にまで燃え移り、七、八丁を隔てた牛島新田を焼き払い、終日にわたって燃え続けた。

翌日になっても烈風は激しく、乾いた砂塵を吹き上げて、空は終日にわたって暗かったという。

昼頃になって、小石川の鷹匠町からふたたび出火し、炎は烈風に煽られて、たちまちあたり一帯に燃え広がった。

火勢はしだいに勢いを増して、北は駒込、南は外堀まで、江戸市中の中心部をことごとく舐め尽くした。

暮れ方には風の向きが変わり、内堀に密集していた大名屋敷を焼き払うと、数寄屋《すきや》橋《ばし》、日本橋、京橋、新橋を焼き落とし、さらに炎は南に走って、南端の海岸まで達して、ようやく火勢も衰えたという。

それでひとまず収まったかに見えたが、夜になって麴町《こうじまち》の町家から出火し、あたりの町家を焼き払って、雉子橋《きじばし》、一ツ橋《ひとつばし》、神田橋まで燃え広がり、おりから吹き寄せた北風に煽られ、大名小路の絢爛豪華な屋敷街を、一宇も残さず焼き尽くした。

火の手はなお、江戸城西の丸下から桜田門外にいたり、そこから二手に分かれて、一筋は通町、一筋は愛宕下から芝浦まで、ことごとく灰燼《かいじん》に帰した。

このとき江戸城を襲った炎で、銅板葺きの壮麗な天守閣も、炎に包まれて焼け落ちた。

北風激しく黒煙を吐き、舞い散る火の粉が驟雨のように降りかかった。

そのとき、どうした弾みか、天守閣二層め北西の、銅葺きの窓が内側から開き、壮麗な天守閣は炎を噴き上げて燃え始めた。

炎はたちまち火薬庫に燃え移り、凄まじい炸裂音が大地を震わせた。

天守閣が燃えると、炎は宙空を高く飛んで、富士見櫓《やぐら》に燃え移り、本丸御殿、二の丸御殿、三の丸御殿も炎上した。

将軍家綱《いえつな》は幕閣に守られて難を避けたが、西の丸御殿に移ってからも火勢は衰えず、避難した庭先には、雷雨のように炎が降ったという。

翌一月二十日の明け方から、ようやく風が鎮まり、すると八十日ぶりに、江戸に大雪が降り積もった。

にわかに江戸を襲った大雪のため、炎に焼かれて家を失い、焼け跡に露営していた江戸の住人たちの中から、朝を迎えることなく、凍死する者たちが続出した。

明暦の大火と呼ばれるこの火事で、創業期の江戸はほとんどが焼け落ち、これまでとはまったく違った江戸の街が再建されることになる。

「よくぞ立ち直ったものでござるな」

焼け野原となった江戸は、何もかも新しい街となって復興した。

類焼を避けるために火除け地を設け、火勢をそこで遮断しようとしたが、広小路と呼ばれた帯状の空き地には、物売りの屋台や見世物小屋が掛かって、歓楽を求めて集まってくる人々で賑わうようになる。

家の造りも一変した。

燃えやすい板屋根から火に強い瓦屋根に変わった。

板壁より土壁が多くなって、通りに面した商家では、白い漆喰《しっくい》を塗った土蔵造りが一般になった。

街並みも整然として、漆喰の白、腰板の黒、陽に輝く屋根瓦が、江戸の街に調和の取れた落ち着きをもたらした。

白と黒に統一された街並みと、堀端に植えられた柳の緑はよく似合った。

「さぞや莫大な費用を要したのであろうが……」

貧乏人の兵馬には、見当も付かない額だろう。

どこからそれほどの資金が出たのだろう。

焼ける前の大名小路には、黄金を鏤《ちりば》めた御成門が、競うように軒を連ねていたというが、大名屋敷の再建費用は、どこから捻出されたのだろうか。

まして、ほとんどが着の身着のまま、焼け出されてしまった江戸っ子たちに、家を建て直すような蓄財など、どう袖を振ってもあるはずはなかった。

打てば響くような間合いでお涼は言う。

「江戸の復興には東照宮遺金が使われたのです」

そうだろうとは思っても、これは誰もが気づくことではない。

お涼はどこまで知っているのだろうか。

「天守閣に蓄えられていた金塊は、江戸城が焼け落ちたとき、焦熱に煮えたぎって、地中深く潜ってしまいました。江戸復興のために使われたのは、大坂城と久能山の金蔵から運び出された埋蔵金なのです」

ひと呼吸おいて、念を押すかのようにお涼は言った。

「ですから、もう久能山に埋蔵金はないのです」

お涼は何を言おうとしているのだろうか。

「埋蔵金を遣いきってしまった幕府は、それからというもの、終わりのない財政難に苦しむことになったのです」

暮らしが楽になり、娯楽や遊興が蔓延するにつれて、諸事にわたって経費がかさんでくるのは当然のなりゆきだろう。

京や大坂の商人が、贅沢を競った噂は江戸まで聞こえ、紀伊国屋や奈良屋のように、遊興に命を賭けた豪商さえ出てきた。

江戸に滞在する大名たちも、体面を保つためには莫大な費用を必要とした。

やりくりに慣れず、財政が破綻《はたん》して、幕府に借財を申し入れる大名や旗本も出る始末だったが、潤沢な埋蔵金がある頃は、まだまだ幕府の対応も大らかで、貸し倒れになっても意に介さなかった。

しかし幕政には金がかかる。

膨大な経費の流出は、諸大名や豪商たちの比ではないが、三代将軍家光《いえみつ》の頃までは、東照宮遺金を食いつぶしながら、贅沢の限りを尽くしてきた。

家康は吝嗇《りんしょく》で、秀忠は締まり屋と言われたが、家光は底なしの浪費家で、将軍宣下《せんげ》を受けるために、美々しく飾った大軍を率いて、威風堂々と上洛したり、日光東照宮、上野寛永寺《かんえいじ》、江戸城天守閣など、贅を尽くした建造物を造営した。

なかでも江戸城天守閣などは、家康が建造したものを、秀忠が幕府の威信をかけて新しく建て替え、さらに家光が規模壮大に建て替えさせたので、わずか三十数年で、新しい天守閣を、三回も建て直したことになる。

すでに泰平の世となり、天守閣は本来の戦略的な用途を失って、物置として用いられる以外には、使い道もなくなっていたのだから、かかる経費の額面から言って、これほどの無駄遣いはないだろう。

家康が蓄え、秀忠が守った徳川家の財産を、三代目の家光は、ほとんど垂れ流しに遣い続けた。

それでもまだ埋蔵金は残っていた。

しかし明暦の大火で、全焼した江戸城の再建や、焼け野原と化した江戸の街を復興するために、埋蔵金を遣い尽くしてしまった幕府の財政は、容易なことで立て直せるものではなかった。

江戸城の天守閣は、費用がかさむという理由から、天守台の石垣が形ばかり築かれただけで、ついに再建されることはなかった。

埋蔵金がなければ、増税して不足分を埋め合わせるか、産業を興して収益を上げる他はない。

しかし元和偃武《げんなえんぶ》以来、二百年にわたって泰平の世が続けば、軍事が優先した戦国の世とは違って、苛酷な収奪はできなくなっている。

増税ができなければ、荒れ地を開拓して税収を稼ぐ他はないが、すでに元禄期には水田開発も限界に達して、無理な開発をすれば、大規模な水害や山崩れを誘発しかねない危険がある。

残るのは産業開発だが、そうなれば、利を稼ぐことに巧みな豪商たちが、これまで以上に収益を得るのは眼に見えている。

いま以上に金が幅を利かせる世になれば、俸禄制によって成り立っている幕政の基盤を、根底から揺るがしかねないだろう。

殖産興業を奨励し、豪商の財力を転用させて、印旛沼の干拓や、蝦夷地の開拓を試みた田沼意次が、御三家・御三卿をはじめとする勢力から憎まれ、あえなく失脚したのは、その遣り方が幕政を損なうと見られたからだろう。

意次に代わって幕閣入りした定信には、窮迫している幕政の改革が、課せられていたと言ってよい。

しかし増税をせず、金が支配する世の風潮を忌み、旧来の俸禄制を維持したまま、赤字続きの財政を建て直すことなどできるはずはない。

民間の奢侈《しゃし》を禁じ、財政を縮小し、ちまちまと出費を抑えて、積年の財政赤字を埋めようとしても、蛙の面に小便をかけるようなものだ。

「もし久能山の埋蔵金が残されていたとしたら、紀州から入った有徳院《ゆうとくいん》（吉宗）さまが、米将軍などと陰口を叩かれることもなく、越中守（定信）さまが、蚊ほどうるさきものはなし、と揶揄されながらも、幕政の改革に苦しむことはなかったのです」

お涼はそれらの政権と、どのようなかかわりを持っているのだろうか。

「これが、その久能山城でござるか」

兵馬はそう呟くと、山頂まで続いている堅牢な石段を、あらためて仰ぎ見た。

空虚な城だ、と兵馬は思う。

山頂には東照宮が祀られているが、家康の遺骸は掘り返されて日光に移された。

祀られているのは空《から》の柩《ひつぎ》だ。

家康が西軍を阻もうとした城砦も、いまは埋蔵金を掘り返されて、金蔵は空っぽになっている。

軍資金のない城ではこけ威しにもならない。

いずれにしても、いまの世には不要なものにすぎないのだ、と兵馬は思う。

ようやく『無の剣』の境地に達した兵馬の刀術と同じように。

無外流の走り懸かりに、独自の工夫を加えた『飛剣夢想崩し』も、世に隠れた武技、誰にも知られることのない秘剣と言えるだろう。

世の流れに従えば、それも仕方のないことではないか、と思いながらも、どこか承伏し難いものが、兵馬の胸の内には、固い痼《しこり》のように燻《くすぶ》っている。

この久能山は『空城《くうじょう》』なのだ。

そして兵馬の『無の剣』も、世に伝わらない武技であって、これも『空』に近いと言うべきなのかもしれない。

兵馬は空城となった久能山から眼を転じて、柔らかい秋の陽射しを、明るく照り返している海を見た。

長閑《のどか》な日和だった。

空っぽの埋蔵金と『空の柩』が、生けるが如く祀られている久能山の直下には、どこまでも果てることのない海原が広がっている。

「ここは海の匂いに満ちているのね」

お涼にはめずらしく、まるで乙女のような仕草で、沖から吹き寄せる潮風に吹かれながら、柄《がら》にもないことを言っている。

考えてみれば、この女が遣う『砕動風』も、いまの世に要なきものとして、すでに滅びてしまった古武術ではなかったか。

そのことをお涼はどう考えているのだろうか。

「今日もみごとな足運びを見せてもらった」

さしあたって話のきっかけも見つからないまま、兵馬は先ほど眼にしたお涼の足捌きを話題にした。

紅葉の散り敷く箱根の山中で、胡蝶が舞うようなお涼の足運びを見たときから、一度は聞いてみたいと思っていたことだった。

あれは『砕動風』の足捌きだ、と倉地から言われても、とうに滅びてしまったはずの秘技が、はたしていまに伝わるものかどうか、これまでのところは半信半疑だった。

しかし、あれは『砕動風』ではないか、という直観がなかったわけではない。

今日の足捌きを見て、兵馬の直観はほとんど確信に変わっていた。

「弁天どのが遣われた足捌きは『砕動風』ではござらぬか」

兵馬がその名を口にすると、お涼は一瞬たじろいだように見えたが、すぐに立ち直って笑みを浮かべた。

「見破られていたのですね」

あの足捌きが『砕動風』であることを、お涼はあっさりと認めたようだった。

「誰も知る者はいないと思っておりましたが」

お涼は素早くふり返って、兵馬の顔を正面から見た。

「鵜飼さまは、何もかも御存知だったのですね」

お涼の眼が妖しく光ったような気がした。

兵馬はそれが気になって、

「いやいや、確信があって申したのではない。弁天どのが遣われた足捌きは、むかし剣の師匠から聞いた『砕動風』という秘技ではないかと、ふと思い出すままに、それを確かめてみたのでござる」

他意はないと言明した。

「でも、これは内緒にしてくださいね」

お涼はめずらしく哀願するような口調で言った。

「何故でござる」

「ひとに知られたくないからです」

お涼らしくもない言い方だった。

「拙者は吹聴《ふいちょう》する気はござらぬが、武芸をたしなむほどの者ならば、誰しも知りたがることでござろう」

「それゆえに、秘密にしておきたいのです」

お涼はぞっとするような冷たい眼をして、それ以上のことを語ろうとはしなかった。

## 四

駿府は江戸から四十四里二十六丁、京にはまだ八十里半ある。

宿場町は街道に沿って一里ほど続き、三千五百軒あまりの旅籠が軒を並べている。

東海道でも有数の宿場と言えるだろう。

「たしか万治《まんじ》の頃だと思うけど、お城の天守閣に鳩の糞が幾層もたまって、黒い屋根瓦が雪が降ったように、真っ白になっていたらしいわ」

お涼は右手に見える駿府城を指さした。

「ずいぶんと昔の話でござるな。万治年間といえば、いまから……」

兵馬が年を数えようとして口ごもると、

「そう。いまからおよそ、百三十年前のことになるわね。そのときの話ですけど、厚く積もった鳩の糞から出火して、お城が燃えるという騒ぎがあったのよ」

お涼は宙《そら》ですらすらと計算ができるらしい。

「のんびりとした頃でありましたな」

兵馬は仕方なく相槌を打った。

「間の抜けた話のようですが、ほんとうのことよ。それ以来、駿府城には天守閣がないのですって」

万治といえば明暦の直後だ。

明暦の大火で焼け落ちた江戸城天守閣の再建ならず、その直後に焼けた駿府城の天守閣も建て直すことはできなかった。

駿府は家康が晩年を送った城で、幕府から城代を派遣して直轄している。

明暦の大火の後遺症はいまだ癒えず、駿府城の天守閣を再建するゆとりなど、当時の幕府にはなかったのか。

もし久能山の埋蔵金が、まだ掘り返されていなかったら、久能山に近い駿府城天守閣の再建は、造作もないことだったに違いない。

幕府の財政はその頃から逼迫《ひっぱく》していたのか。

あるいは、権力を象徴する天守閣など、必要としないほど、江戸幕府は安定した政権になっていたというのか。

新たに天守閣を造らない、という方向に傾いたのは、埋蔵金を遣い尽くしたあの時代が、赤字財政へと傾いてゆく分岐点だったからだろう。

ひよひよと
鳴くは 鵯《ひよどり》
小池に住むは鴛鴦《おしどり》
おしどりの
しかも寡《やもめ》に
おふやのるすもり
さらばえいやとな
えいさらえい
えいさらえい
えいさらえい

えいえい
えいえい
しかも月の夜か闇の夜に
えいさらえい

三味線も弾かずに、ときどき口三味線を入れながら、お涼はいきなり唄いだした。

「なんの唄でござろうか」

「ただ唄いたくなっただけよ」

「どのような意味の唄でござるか」

「唄の意味なんて、どうでもよいではありませんか」

「どうも気になりますな」

「気にしすぎよ」

お涼はこの唄のどこが気に入ったのか、兵馬の言うことなど歯牙《しが》にもかけず、えいさらえい、えいさらえい、えいえい、と口ずさんでいる。

どうやら卑猥な内容の唄のようだが、お涼の歌声は決して卑猥ではなかった。

弥勒《みろく》から安倍川《あべかわ》を渡る。

幅三百間と言われる広い河原は、昔からしばしば刑場に使われ、近くは慶安事件の張本人、由井正雪の首が晒されたことがある。

安倍川には橋がないので、川越え人足の肩を借りなければならない。

お涼の婀娜《あだ》な姿を見ると、たちまち褌一本の川越え人足どもが集まってきて、

「あっしの肩に乗ってくだせえ」

「安くしておきますぜ」

「姐さんならお代はいらねえ」

などと、口々に押し売りを始めたが、傍らに突っ立っている兵馬は、

「旦那は重そうだから、肩車は無理だ。蓮台にでも乗りなせえ」

にべもなく突っぱねられて、裸の人足どもからは相手にもされない。

「あたしも蓮台がいいわ。ねえ、おさむらいさん、よかったら一緒に乗りませんか」

兵馬を気の毒に思ったのか、お涼は文字どおりの助け船を出した。

手越《てごし》、沢渡《さわたり》を過ぎて鞠子《まりこ》に出る。

「これから先は宇津の山よ。鞠子名物のとろろ汁を食べて、腹ごしらえをしておいた方がいいわね」

お涼は旅慣れているのか、言うこともやることも周到だった。

これではどちらが宰領なのかわからない。

鞠子橋のたもとに、色褪せた草葺き屋根が見えた。

そこがとろろ汁を食わせる茶屋らしく、へたくそな字で『とろろ』と書いた幟《はた》が、川風に翻っている。

「とろろ汁を」

と註文すると、奥の桟敷に案内された。

薄暗い部屋にはすでに先客がいて、麦飯にぶっかけたとろろ汁を啜っている。

「妙に黒いとろろでござるな」

江戸のとろろは、真っ白でふわふわした泡と、喉ごしの滑らかさを珍重するが、ここでは芋汁も麦飯も黒々として、舌触りはざらざらと粗っぽい。

「鞠子名物のとろろ汁は、芋の皮を剝かずに摺るからよ。麦飯も黒いし、とろろ汁も黒い。京や江戸からやって来る旅人たちは、鞠子の野趣を楽しんでいるらしいけど」

まあ腹の足しにはなるだろう、と兵馬はろくに嚙みもせずに呑み込んだ。

鞠子を過ぎればすぐに鬱蒼とした山道へ入る。

宇津の山は『うつのや』と呼ばれ、俗に『内屋《うつのや》』あるいは『鬱《うつ》の家《や》』などの当て字が使われる。

この峠道には、蔦や楓の樹木が、陽が洩れる隙間もないほど繁茂して、一歩でもその中に踏み込めば、まるでみずからの内臓の中にでも迷い込んだように、鬱々として内に籠もらざるを得ないからだという。

うつのや峠に至る坂の上り口には、草葺きの茶屋が四五十軒ほどあって、家ごとに十《とう》団子というものを売っている。

大きさが赤小豆ほどの小粒団子で、それを麻の緒に繋ぎ、十粒を一連として十団子と称したが、その形はまるで数珠のようで、これから死出の旅に向かう亡者たちが、首にかける念珠ではないかと思ってしまう。

宇津の山峠は道せまく、左右に繁る樹木が、巻き毛のような枝を伸ばしているので、視界が利かない狭い坂道を、足を滑らせないように注意しながら、黙々として登らなければならない。

左右から鬱蒼とした高い山が迫り、昼なお暗い小径を歩いていると、兵馬は湖蘇手《こそで》姫が置いていった『伊勢物語』の一節を、思い出さずにはいられなかった。

宇津の山にいたりて、
わが入らむとする道は

いと暗う細きに、
蔦、楓は茂り、
もの心細く、
すずろなるめを見ることと思ふに

「この道は昔も今も、変わっていないようですな」

兵馬はうつのや峠を通ったことはないから、昔と比べることなどできないのに、湖蘇手姫の『伊勢物語』を読んで、まるで業平《なりひら》の昔を知っているような気になっている。

うっかり口に出してしまってから、兵馬はそのことに気がついて、思わず苦笑せざるを得なかった。

「そうね」

お涼があっさりと頷いたので、兵馬は気になって問い返した。

「弁天どのはまだお若いのに、いつ通られたのでござろうか」

去年や一昨年のことなら、『伊勢』の昔と比べるわけにはいかない。

「遠い遠い前世のことですよ」

夢見るような声でお涼は言った。

「また冗談を言われる」

兵馬はからかわれているらしい。

しかし、お涼の声は笑っていなかった。

「鵜飼さまは、どこかでこれと同じ道を、誰かと辿ったような、そんな気がすることはないんですか」

薄暗い茂みの下で、お涼の眼が妖しく光っているように見えた。

「そのようなことはござらぬ」

兵馬はそっけなく答えたが、お涼は意外にも真剣のようだった。

「わたくしにはあります。前世でお逢いした人に、この世でまた出逢うことがあり、来世で逢うこともあるような、そんな気がすることが、しばしばあるのです」

お涼の声が、あまりにも真に迫っていたので、兵馬はなぜかぞっとして、

「夫婦は二世の契りと申すから、あるいはそのようなことも、あるかもしれぬが、拙者は独り身ゆえ、そんな相手は見あたりませんな」

冗談にまぎらわせて、いい加減でこの話を切り上げようとした。

「ごまかさないで！」

お涼の声に一瞬の怒気を感じて、兵馬は思わず首をすくめた。

しばらくは気配も消したらしい。
兵馬は薄暗い森の中に、ひとり取り残されたような気がした。
蔦や楓の葉がさやさやと鳴っている。
それだけだろうか。
兵馬はふと耳を澄ました。
なんだろう。
あれは紅葉の散る音ではない。
お涼が唄っているのだ。
蔓草の茂みにしみ込むような、哀調を帯びたお涼の歌声が聞こえてくる。

駿河なる宇津の山辺の
うつつにも
夢にも人に逢はぬなりけり

なんということだ、と兵馬は思った。
お涼が唄っているのは、都落ちする業平の歌ではないか。

すっかり見透かされていたらしい。

兵馬が『伊勢物語』を読んでいたことを、お涼はどこで知ったのだろうか。

「それにしても、暗い道ですこと」

お涼は歌の余韻にひたっているのかもしれない。

たしかに森影の道は暗すぎて、この葉隠れの薄闇の下では、お涼の表情を読み取ることはできなかった。

うつのや、とはよく言ったものだ、と兵馬は思う。

街道を西に向かって歩いているのに、いまどこへ向かっているのかわからなくなり、まるで道に迷ったような気分にさせられてしまう。

「あんなことを言い出したのも、きっと『鬱《うつ》の家』に迷い込んだからでしょうね」

何ごともなかったかのように、お涼はいつもの口調になっていた。

五

岡部、藤枝は、脇目も振らずに通り過ぎ、その日の夕刻には嶋田へ出た。

けが人の倉地が一緒では、これだけの距離を稼ぐことはできなかっただろう。

兵馬が急げばお涼が追い、お涼が先になれば兵馬が足を速める。

はた目には、仲のよい二人連れ、と見えたかもしれないが、お涼はともかくとして、兵馬は煩わしい隠し目付を振り切ろうと、かなり必死になっていた。

しかし、それは暗黙の了解のもとで行われた競技に近い。

お涼が話しかければ兵馬が応じ、兵馬が遅れると、お涼はわずかに歩を弛めて、待つともなく待っている。

他人の眼からは、たがいにいたわり合っている、と見えなくもなかっただろう。

鞠子から嶋田まではおよそ六里、江尻から鞠子までも六里はあったから、兵馬とお涼は、一気に十二里の道を歩いたことになる。

兵馬の足運びは筋金入りと言ってよいだろう。

無外流『走り懸かり』は、敵より早く刃境《はざかい》に踏み込むことで、一瞬のうちに勝負を決める。

し損じれば二刀めはなく、敵が逃げても追うことはしない。

ある種の潔《いさぎよ》さがこの流儀にはある。

兵馬の工夫した『飛剣夢想崩し』は、兵馬独自の自在剣を取り入れた『走り懸かり』と言ってよく、もともと無外流『夢想返し』を基本にしているので、日頃から足腰の鍛錬を欠かしたことはなかった。

遠国御用に出たときには、日頃の修錬が役に立って、兵馬は一日あればかなりの距離を踏破することができた。

いわゆる歩行術のたぐいで、他人に後れを取ったことがないのは、兵馬の剣術修行が、足腰の鍛錬にあったからだろう。

しかしお涼の『砕動風』には及ばなかった。

「今夜は嶋田に泊まる他はござるまい」

兵馬が弱音を吐いたのは、お涼の『砕動風』と争って、疲労困憊《こんぱい》したこともあるが、途中の岡部で川止めの噂を聞いたからだった。

川止めとは、駿河と遠江《とおとうみ》の国境《くにざかい》を流れる大井川の、通行を遮断することで、もし川止めになれば、旅人は岸辺の旅籠に待機して、川越役所の許可が出るまで、川が開《あ》くのを待たなければならない。

もし川止めになれば、大井川の両岸にある旅籠は、川開きを待つ旅客で埋まり、川止めが長引けば長引くほど、旅籠からあぶれる旅人たちが出ることになる。

そうなれば、空いている旅籠を捜して、もと来た道を引き返さなければならないし、宿泊の費用もかさむので、大井川の川止めは、東海道を上下する旅人たちにとって、箱根の関を越える以上の難所と言われるようになった。

川止めがあれば、大井川の左岸は、川に近い嶋田から、旅客たちで埋まってゆく。嶋田には二百三十軒の旅籠があるが、川止めが長引けば旅籠は満杯になり、あぶれた泊まり客は、一里の道を引き返して、藤枝に泊まる他はない。

藤枝の旅籠は千百軒を数えるが、そこで大部屋に詰め込まれるのが嫌なら、さらに二里近い道を引き返して、岡部の旅籠を捜さなければならなくなる。

一日中歩き続けて、疲れきったところで川止めに遭い、さらに二里三里と引き返すことを、好む旅人など誰もいない。

だから川止めの噂が流れると、嶋田、藤枝の順に旅籠が埋まり、さらに岡部までが賑わうことになるわけだ。

「大井川の上流で、豪雨があったとは聞かないから、川止めがあるというは、ただの噂かもしれないわね」

お涼が言うように、旅客の足を引き留めるため、大井川から遠い岡部の旅籠で、故意に流された風説なのかもしれなかった。

藤枝では川止めの噂を聞かず、嶋田まで来ても真偽のほどは知れなかったが、たとえ川止めはないにしても、闇が迫れば川の淵瀬がわからなくなり、川越人足たちが恐れて渡すことを拒めば、結局は嶋田まで引き返さざるを得なくなるだろう。

「それもそうね」

お涼は意外にあっさりと同意した。

大井川は一筋縄にはいかない暴れ川だった。

南風が強く吹けば、河口から海水が逆流して水位が上がり、西風が激しく吹けば、川の水は海に流れ落ちて、川底を露わにする浅瀬もあるという。

大井川の流れそのものが不安定で、たとえば大雨が降るたびに、濁流に削られて川底の形が変わり、淵と瀬が入れ替わることもめずらしくはない。

川の流れも川幅も、大雨が降るたびに変わるので、昨日と同じ流れが、今日も流れているという保証はない。

あるいは、昨日は渡れた浅瀬が、今日は淵となっているということも、めずらしくはなかった。

大井川の流域は、時々刻々と変化しており、東山の岸辺を流れて、嶋田の駅を河中に呑み込むことも、あるいは西に蛇行して、金谷の山際を流れることもあったらしい。

大井川左岸の嶋田と、右岸にある金谷との距離は一里以上あるが、大井川はその間を勝手気ままに暴れ回って、定まった川筋を流れることがないという。

いわば、一里の幅を持つ遊水池、と見ればよいわけだが、大水が出れば、一里の川幅を持つ大河となって、巨木を押し流し、大石を転がして荒れ狂う。

元和《げんな》二年に書かれた林道春《はやしどうしゅん》（羅山《らざん》）の『丙辰紀行《へいしんきこう》』にも、

霖雨《りんう》ふれば淵瀬かはる事たびたびなれば、
東の山の岸を流れて、
嶋田の駅、河原の中にある事あり、
西の方に流れて、
金谷の山にそふ事もあり、
一すじの大河となりて、
大木沙石《たいぼくしゃせき》を流す事もあり、
あまたの枝流《しりゅう》となりて、
一里ばかりが間に分かるる事もあり。

と書かれている。林羅山はさらに筆をかさねて、

されはいにしへより、
徒杠輿梁《とかうよりよう》もなり難き故に、
往来の人馬、川の瀬を知らざれば、
金谷に待つもあり、嶋田にとどまるもあり、
渡りかかりて溺るる者もあり、
辛うじて向かひの岸に至るもあり。

大井川が氾濫するたびに、流域が変転するので、人や乗物を渡すための橋も架けられず、旅人や荷駄は、歩いて渡れる浅瀬があるかどうかもわからない。
金谷に泊まって流れが弱まる日を待ち、あるいは嶋田に逗留して、いつになったら渡れるのかと嘆いてばかり。
無理をして川を渡ろうとして、溺れ死んでしまう者もあれば、死に損なって這《ほ》う這《ほ》うのていで、どうにか向こう岸までたどりついた者もいる、と書き綴っている。

嶋田の民、おのが家は漂ひ流るれども、
旅客の嚢《ふくろ》をむさぼる故に、洪水をよろこぶ。

嶋田の住民どもは、旅人が長逗留すれば収入が増えるので、大井川の氾濫でわが家が流されても、洪水に遭うことをむしろ喜んでいる、という辛辣《しんらつ》な見方も、江戸初期の高名な儒学者はしているようだ。

兵馬はお涼を伴って、いや、お涼に伴われて東海道嶋田宿に入った。

## 六

嶋田は江戸から五十二里九丁、京へは七十三里十一丁、街道沿いに七丁の宿場町が続き、二百三十軒の旅籠が並んでいる。

旅籠街に入ると、兵馬はいきなり屈強な客引きにつかまってしまった。

「旦那さん、うちへおあがり」

べったりと厚化粧した白首女が、逞しい腕で兵馬をとらえて、滅多なことでは離しそうもない。

大井川の渡し場がある嶋田宿は、川越しを待つ旅客たちの溜まり場になるので、旅の無聊《ぶりょう》を慰めるためと称して、どの旅籠でも飯盛り女を抱えていた。

飲食の接待というのは、お上の眼を誤魔化すための名目で、飯盛り女は淫売が本業と言ってよい。

兵馬の腕をとらえた女もその一人で、客を旅籠へ引きずり込んで、閨《ねや》を共にするのが商売だから、力ずくといっても媚びを含んでいる。

身体の柔らかいところを、こすりつける手口は堂に入ったものだし、なま温かい息を首筋にふわっと吹きかけ、春情をそそる技術にも年季が入っている。

兵馬は本所入江町の女侠客、始末屋お艶の世話になっているので、この手の女の扱いには慣れている。

始末屋お艶に頼まれて、甲州路地の女郎たちの、相談に乗ってやったこともある。

「まあ、そう引っ張るでない」

もの柔らかに押しやると、女は約束ができたものと勘違いして、

「あたしの部屋はこの二階だよ」

早くおいで、と先に立って案内しようとする。

「生憎《あいにく》、わしには連れがあるのでな」

わざと数歩遅れていたお涼を、兵馬はいかにも親しげに手招くと、

「これ、離れては駄目ではないか。わしが掠《さら》われてもよいのか」

優しく肩を抱くようにして、叱る真似をする。

「気色《きしょく》が悪いね。女房持ちなら女房持ちと、はじめから言っておくれよ」

飯盛り女は罵声をあげたが、すぐに別の男の腕をとらえて、

「ねえ、寄っていきなよ」

と言いながら、柔らかい身体を男の局所に押し付けている。

「ひとりでは出歩けない場所のようですな」

兵馬が照れ隠しに苦笑すると、

「ずいぶん慣れておいでのようね」

お涼は皮肉っぽく笑った。

「あの手の女は苦手でござる」

吐き捨てるようにいうと、お涼はその言い方が気に障ったのか、

「あたしのような鳥追い女も、あの手の女と一緒ですよ」

色っぽい眼で兵馬を睨んだ。

「そういう意味で言ったのではござらぬ」

弁解がましいことを言いながらも、ほんとうは、あの手の飯盛り女より、お涼の方が苦手なのだ、と兵馬は思ったが、もちろん顔には出さなかった。

「まあ、いい男。ちょっと、あがっていきなさいよ」

数歩も進まないうちに、兵馬はまた別の女につかまってしまった。

この女はもっと大胆で、いきなり兵馬の股間に手を伸ばして、優しくそっと撫であげるという、絶妙な技能の持ち主だった。

「待て待て。わしには連れが……」

兵馬の慌てぶりをどう受けとめたのか、女は押しかぶせるように、

「連れがいるなら、一緒におあがり。いい妓《こ》をあてがってあげますよ」

まるで女衒《ぜげん》のようなことを言って、兵馬の股間をぎゅっと握った。

「ちょっと。うちの亭主に何するのよ」

お涼が柳眉を逆立てて、兵馬と女のあいだに割って入った。

どこまでが演技かわからないが、鳥追いに扮した弁天お涼の貫禄は、まさに威風あたりを払っている。

とても勝負にはならない、と覚ったのか、

「おや、連れがあるって言ったのは、あんたの女房のことだったのかい」

女は鼻白んだような顔をして、

「お客が二人取れると喜んだのに、儲け損なってしまったじゃないか」

その腹癒せのように、兵馬の睾丸が潰れそうになるほど握りしめた。

「アイタッタッタッタ」

息が止まるほど苦しかったが、兵馬は黙って激痛に耐えた。

するとお涼が駆け寄って、

「うちの人に、なんてことするの！」

女の頬をはり倒した。

軽く叩いただけのように見えたが、女は裾を乱して仰向けに倒れ、しばらくは動けなかった。

「さあ、行きましょう」

お涼は兵馬の背を押して、早くこの場を離れるよう促した。

「ここをどこだと思っているんだい」

「夫婦連れで来るようなところじゃ、ねえんだよ」

野次馬どもの声は、あちこちから聞こえてくるが、お涼の早業を恐れて、手出しする者は誰もいない。

どうやら遊女街に迷い込んでいたらしい。

女郎たちの非難や憎しみは、亭主持ちだと言ったお涼に集中している。

この街にいるのは、女郎遊びにきた男たちと、客の袖を引く飯盛り女ばかりで、場違いなところに迷い込んだ素人女は、奇異の眼で見られているようだった。

「助かった」

兵馬は礼を言った。

「こうなったら最後まで、夫婦者として押し通す他はないみたいね」

お涼は悪戯っぽく笑った。

「どうやらそうらしい」

奇妙なことになってしまった、と兵馬は困惑していた。

老中の特命を帯びた隠し目付と御庭番宰領が、仮にも夫婦となって宿泊すれば、どのような結果を招くことになるのか、諜報の末端にいる兵馬には想像がつかない。

その先には恐ろしいことが、待ち受けているような気がする。

あるいは甘美な一瞬が。

いずれを選ぶべきか。

兵馬は迷っていた。

何を愚かなことを、と思う気持ちもどこかにある。

いまを踏み越えよ、と叫ぶ声も聞こえるような気がする。

不意に柔らかいものを感じた。
触れているのはお涼の身体に違いない。
そのとき、
「はやく休みたいわ」
と切なげな声でお涼が言った。
甘美な誘いだった。
いくら野暮な男にも、それくらいのことはわかる。
兵馬の身体の奥で、軋《きし》むような音を立てて何かが動いた。
均衡が崩れたのか。
そうに違いない。
こうなれば、なるようになるしかない、と兵馬は腹を決めた。
名状しがたい思いに誘われるまま、
「よい宿をさがそう」
と兵馬は言った。
「この町で一番の宿がいいわ」
お涼は熱っぽく囁いた。

耳朶《みみたぶ》に若い女の熱い息吹《いぶき》を感じる。

「よいのか」

ふたりはじっと顔を見合わせた。

「いいわ」

薄闇に眼を輝かせて、覚悟はできている、とお涼は言った。

「どのような結果になろうとも、わたしは後悔しない」

「あたくしもよ」

お涼は激しく応じてきた。

兵馬とお涼は、燃える思いが高まるままに、もつれ合うようにして、遊客たちが雑踏している遊女街を抜けた。

夢の中を踏み惑うような気分だった。

ふたりは、ぴったりと身体を寄せ合い、もう言葉などいらないかのように、黙って頷き合いながら、新枕をかわす今夜の宿を捜している。

嶋田の旅籠街はすでに暮れて、漆黒のような夕闇があたりを覆っていた。

# 六章　仮面の女

一

江尻（清水《しみず》港）から船に乗った倉地文左衛門と、吉田港で落ち合うまでの三日間を、兵馬とお涼は新婚夫婦のようにして夜をすごした。

新枕を交わした嶋田では、夢遊のうちに激しく媾合《まぐわ》い、二晩めに泊まった池田の宿で、ようやく睦言《むつごと》を交わすようになった。

「江ノ島の岩窟で、初めてそなたを見たときから」

何度めかの媾合《こうごう》のあと、お涼の滑らかな肌を愛撫しながら、兵馬は囁くように言った。

「わたしは裸弁天に魅せられていたらしい」

兵馬はいかにも愛《いと》おしげに、お涼の乳房に唇を這わせる。

「それにしては」

薄く眼を瞑って、女の歓びに身悶えしながら、拗《す》ねたような声でお涼は言った。

「あなたはずっと意地悪でしたわ」

老中が遣わした隠し目付を、道中ずっと鬱陶しく思い、何度となく振り払おうとしていたことを、お涼は気がついていたらしい。

「そうではない」

兵馬は愛撫の手を休めずに言った。

「この世ならぬ裸弁天の妖しさに、負けそうになる自分を恐れたのだ」

おそらくそれが、本音のところだったかもしれない、といまさらのように兵馬は思う。

「口がお上手ですこと」

男の胸に濡れた唇を押し当てて、お涼は余裕ありげに頬笑んだ。

そうではない。

「わたしはいつも、気がつくのが遅すぎるようだ」

自嘲するように兵馬は言った。

こうして男女の仲になるまで、裸弁天の妖しさに取り憑かれているおのれの本心を、どこかで誤魔化してきたのかもしれなかった。

「それであたくしが送った合図にも、気づかないふりをなさったのですね」

お涼は妖しく光る眼で、睨むような真似をして戯れかかる。

「合図？」

兵馬は訝しげに問い返した。

「まだ空とぼけていらっしゃる。あたくしが道中で披露した、鳥追い唄のことですわ」

そうか。

お涼の唄う鳥追い唄が、なぜか意味ありげに聞こえたのは、やはり故なきことではなかったのだ。

「知っていた」

たぶん、と兵馬は低い声で言った。

「それゆえに、恐ろしさは、いや増したと言ってよい」

お涼をふり払おうとして、ふり払うことはできなかったのだ。

「恐ろしいですって？」

お涼は大仰《おおぎよう》に驚いてみせた。
「では、どうしてあなたは、そんな恐ろしい女を抱いたのです？」
そのことを、兵馬は幾たびとなく自問自答している。
しかし、はじめから理由はひとつしかなかった。
お涼の妖しさに魅せられていたからだ。
「魅せられていなければ、それを恐れる理由もない」
兵馬は嘆息するように言った。
それは武芸者として、不断の心得ではないか、と思っている。
魅せられるとは、そのものに心を奪われることだ。
心を奪われることによって、剣の構えにも隙が生じる。
その隙に乗じられたら、必ず敗れると思った方がよいだろう。
真剣勝負の立ち合いで、生死を分けるのは、ほんのわずかな差にすぎない。
恐れるべきである、と剣の師匠は言っている。
すべての剣技は、恐れを知ることから始まっている。
森羅万象を恐れることで、あらゆる感覚が研《と》ぎすまされる。
生と死の狭間《はざま》を埋めるのが、恐れることによって会得された、武術の真髄なのだから。

恐れを知らぬ腕自慢は、いわゆる暴虎馮河《ぼうこひょうが》の類《たぐい》で、そのような輩《やから》とは、ともに武芸について語ることはできない。

「そうね」

しみじみと思いを込めてお涼は言った。

「あたくしも恐れていたわ。たぶん、あなたと同じような理由から」

はじめから、あなたに惹かれていたのよ、とお涼は熱を帯びた声で囁いた。

意味ありげな小唄で、燃ゆる思いを伝えようとしたけれど、なかなか気づいてはもらえなかった。

そうだろうか。

監視する者と、される者が、親密な男女の交わりを結ぶなどということが、はたして許されるのだろうか、と兵馬は疑っている。

ただの男女の仲ではない。

お涼はいまを時めく老中首座から、底知れぬ権限《ちから》を与えられている隠し目付で、任務遂行にあたっては、生殺与奪権まで許されているらしい。

同じ隠密と言っても、兵馬の身分は御庭番の宰領にすぎず、あくまでも影の働きに終始して、将軍の城に入ることさえも許されてはいないのだ。

それに隠密御用という仕事は、いつでもあるというわけではなく、兵馬の暮らしぶりは、ほとんど食い詰め浪人と一緒だろう。

兵馬とお涼の立っている地平は、決して交わるはずのないものだった。

この二人が男女の仲になろうとは、どう考えてみてもあり得ないことだ。

兵馬とお涼は、明らかに身分も違い、それ以上に立場も違って、むしろ天敵のような関係にあると言ってよい。

敵対するはずの二人は、刹那的な熱に浮かされて、越えてはならない境界を、踏み越えてしまったのだろうか。

待ち受けているのは、厳しい制裁だけなのかもしれない。

そうなれば、兵馬を監視する立場にあるお涼の方が、より多くの負債を払わされることになるに違いない。

恐れるのは当然だ、と兵馬は思う。

「そなたこそ、なぜ？」

と兵馬はお涼に問いかけた。

「越えてはならぬ垣を越えたのか」

それがどれほど危険な、背反であるかということを、生殺与奪を恣《ほしいまま》にしてきたお涼は、誰よりも知っているはずではなかったか。

「気になさることはありませんわ」

お涼は優しく囁きながら、思わずぞっとするような、寂しい笑みを浮かべた。

「ここは平安朝の昔から、遊君《ゆうくん》で知られた池田の駅なのです。あたくしを、いにしえの浮かれ女《め》と思われるがよい。たとえ一夜の遊びと思われようとも、恨むことはありませんから」

なんと哀しいことを言う女だろう。

兵馬は刺し貫かれるように胸が痛んだ。

お涼は女の歓びに身悶えしながら、そんな自分を遊女になぞらえ、兵馬に負い目を感じさせまいとしているのか。

はじめは江ノ島の裸弁天、つぎには漂泊する女芸人、そして昔の色里として知られた池田では、遊女に身を変えたというのだろうか。

しかし、兵馬とお涼が閨を共にしている池田は、いにしえの池田と同じではない。

平安期に栄えた池田の駅は、天竜川の左岸にあった舟待ち宿だが、兵馬たちが泊まっている東海道池田宿より、もう少し上流にあったという。

遊君の由来は古い。

美濃の青墓《あおはか》、遠江の池田、駿河の手越《たごし》などの宿駅では、長者と呼ばれる地方の有力者が、歌舞や今様《いまよう》をよくする遊君たちを抱えて、旅する男たちの無聊を慰めていたという。

平安末から鎌倉期にかけて、禁中の大番役《おおばんやく》を命じられ、手勢を引き連れて上洛する東国武士たちは、いずれも長者の門前に駒を繋ぎ、金銀を惜しむことなく歓楽を求めたらしい。

中でも兵衛佐《ひょうえのすけ》頼朝や九郎判官義経の父、左馬頭義朝《さまのかみよしとも》は、東国と京を往来するたびに、青墓、池田、手越などの遊君たちと馴染みを重ね、それぞれに子を孕《はら》ませた、と言われている。

三味線を弾き、小唄を歌って、漂泊の旅を続ける鳥追い女は、琴を奏で、今様を唄い、歌舞を披露したという遊君の、落魄《らくはく》した姿と言えるかもしれない。

それにしても、老中から生殺与奪権まで与えられている隠し目付が、こともあろうに、夜ごとに男たちと閨を共にする遊女に、わが身をなぞらえるとは！

お涼の哀しげな物言いに、兵馬は心を動かされて、

「一夜の遊びならそなたを抱きはしない」

柔らかな女の腰を引き寄せた。

「わたしの胸の奥で、痼《こりかたま》っていた何かが、音もなく崩れた。不思議なことだ、と思っていたが、そうなったのは、江ノ島の岩窟で、裸弁天を見てからであったと、いまになって納得がゆく」

兵馬はゆっくりと腰を動かした。

「あたくしを、まるで淫靡《いんび》な、魔物のように、思っているのね」

お涼も巧みに腰を使いながら、怨じるような声で戯れかかった。

「抗しがたく、魅せられてしまった、と言っているのだ」

兵馬が深く突くと、お涼は弓のように反り返り、艶っぽい声をあげて呻いた。

「このまま滅びるとも厭《いと》わない」

言いながら、兵馬はさらに激しく突いた。

女の歓びが脈打つように高まってゆく。

「この絶頂に死んでもいい」

お涼も激しく腰を動かしながら、感極まったように絶叫した。

二

吉田から江戸には七十三里半、京へは五十二里二丁。

ようやく道半ばを越えたことになる。

江尻からの船便が遅れたので、倉地文左衛門の到着を待つまでの間、お涼は豊川《とよかわ》のほとりで三味線を弾いていた。

とても消ゆべき露の身を
夢のまなりと
夢のまなりとも

お涼が唄っているのは、いまからおよそ百年以上も前に、上方《かみがた》で流行《はや》ったという隆達小唄だった。

明日にも消える命と知りながらも、それゆえに刹那に燃える男女の思いを、儚《はかな》く虚しく唄う恋の歌だ。

兵馬は無言のまま、お涼の唄に聞き入っている。

ここは河口に近いので、流れ落ちる水の動きはほとんどなく、まるで穏やかな内海のような、静かにたゆたう無数の波があるばかりだった。

吉田は松平《まつだいら》伊豆守《いずみのかみ》七万石の城下町。

東海道に沿って吉田宿、入江には吉田港があって、吉田の城下は、船便を待つ人や積荷で賑わっていた。

城下町の西側を流れる豊川には、長さ百二十間の吉田橋が架けられている。

吉田松平家の威信もあって、かなり大きな橋だと言ってよい。

ちなみに、江戸から京までのあいだには、大橋と呼ばれる架橋が四つある。

武蔵国の六郷大橋。

三河国の吉田大橋。

同じ三河に矢矧《やはぎ》大橋。

そして近江国の瀬田《せた》大橋。

それら大橋の他にも、海岸沿いの東海道筋には橋が多く、簡易な板橋や土橋を加えれば、数えきれないほどだろう。

川の数だけ橋があり、橋の数だけ別れがある、と兵馬は思う。

ゆく川の流れは絶えずして、しかも元の水にあらず。

この世に常なるものはない、と古人は言う。

流れ去るものは水ばかりではない、とも兵馬は思う。

この世にあるもの、人も、時も、そして記憶さえも、かつ消え、かつ結びながら、決して同じところにとどまることはない。

豊川の右岸、下地《しもじ》村から四十余丁ほど遡《さかのぼ》れば、遠方からの参拝客で賑わう豊川稲荷もあるというが、倉地が乗った荷積みの船が、いつ波止場に着くかわからないので、兵馬はこの岸辺から離れることができなかった。

お涼も兵馬に付き合って、いつ来るかわからない倉地を待っていたが、そのうちに退屈してきたのか、三味線を爪弾いているうちに、唄うともなく口ずさみ始めた。

夢の間なりと、夢の間なりとも、とお涼は唄う。

隆達小唄を口ずさみながら、お涼はいま何を思っているのだろうか、と兵馬は気になっている。

わからぬ女だ、と兵馬は思う。

夢の如く過ぎた夜の余韻は、お涼からすっかり抜け落ちて、いまは根っからの旅芸人のように、三味線の音に合わせて、時代おくれの隆達節などを唄っている。

人には馴れて
馴れまじものを
いま此の思ひ
何にたとへん

夜の閨では、確かなものに思われた女心も、白々しい昼になれば、あの狂おしさも歓びも、光の下に薄れゆく闇のように、はっきりとした実体を失ってゆく。

吉田の升屋庄《ますやしょう》七郎《しちろう》の旅籠で、最後の朝を迎えたお涼は、やるせない熱に浮かされ、女の歓びに身悶えしていたお涼、あの狂おしいような夜の女ではなかった。

昨夜までの狂態など、まるでなかったかのように、お涼は冷血非情の隠し目付に、戻ってしまったように思われた。

ほんとうに、一夜の遊びだったのか、と思えば、遊んだというよりも、遊ばれたような気がして不機嫌になる。

兵馬はしだいに口数が少なくなり、お涼もそれと察して黙り込んだ。

豊川の流れに照らされて、お涼の端正な横顔が、まばゆいほどに輝いているが、それは生気のない仮面のような、虚しい美しさにすぎなかった。

沈黙の重さに耐えかねたように、お涼は鳥追いの三味線を取り出して爪弾きだした。

そして、三味線の曲に誘われるかのように、流行おくれの隆達小唄を、歌うともなく口ずさんでいたわけだった。

曇らば曇れ
照るとても
君を思ひの
晴れるでもなし

お涼の唄声に誘われるかのように、豊川のはるか上流、鳳来寺山《ほうらいじさん》のあたりから雲が湧いて、これまで瑠璃《るり》を連ねたように輝いていた水面は、見る間に光を失ってゆく。

お涼の横顔にも雲がかかったようだった。

兵馬は声をかけようとして、なぜか気が臆してかけそびれた。

三

夕刻もだいぶ近くなってから、ようやく兵馬の待っていた船が着いた。

「ずいぶん待たせたようだな」

船から下りた倉地は、意外に元気そうな様子で、遠くから兵馬を見つけると、嬉しそうに声をかけてきた。

しばらく隠し目付の監視を離れて、船の上でのうのうとした日々を、すごしてきた御利益かもしれない。

「傷の方はいかがでござる」

これからの旅を気遣って、兵馬はさっそく倉地の容態を訊いた。

「それが幸いなことに、腕のよい医師が同船しておっての、懇切な治療を受けることができた。これでまあ、ほぼ全快したと言ってもよかろう」

三日間を寝てすごしたせいか、倉地はすっかり血色もよくなり、江戸を出た頃よりも元気そうに見えた。

「その医師が言っていたことだが、素人の手当てにしては立派なものだ、とおぬしのてぎわを褒めておったぞ」

めずらしくお世辞まで言っている。

隠し目付の監視を免れていたことで、すっかり元気を取り戻したらしかった。

「倉地どのを待つあいだ、久しぶりにゆっくりと休み申した。倉地どのさえよければ、これから夜道を参ろうと思うが、如何でござろうか」

吉田には昨夜も泊まっている。

同じ宿に二晩続けて泊まることを憚ったのは、昨夜の狂態が、宿の者たちに聞こえていたのではないかと思うからだ。

さすがにお涼も恥じらっているらしく、

「あたくしなら大丈夫。鳥追いのお涼さんは、夜道なんか厭《いと》いませんから」

吉田にもう一泊することには、やはり憚るところがあるらしい。

「わしは退屈な船の中で、することもなく丸三日を寝ていたので、足がむずむずしていたところだ。いまから夜道を歩くのは、いっこうにかまわんが」

倉地が承知なら、話は決まったようなものだった。

吉田から御油《ごゆ》までのあいだには橋が多い。

四ッ屋から三ヶ井江でのあいだに、柳橋、こた橋、名無し橋があり、三ヶ井江から茶屋町のあいだに、高橋があり、川田《かはた》から桜町のあいだに見返り橋、桜町から三河国府のあいだに、八枚橋、石橋があり、欠間《かけま》から御油のあいだには俎板橋《まないたばし》が架かっている。

いずれも三河湾に流れ込む大小の河川に架けられた橋で、この複雑な流れに限られた小さな村から、三河万歳《みかわまんざい》という出稼ぎ芸人が輩出している。

秋の陽は暮れるのがはやい。

茶屋町に差しかかった頃には、黒ずんだ西空に、かろうじて残っていたわずかな赤みも消え、街道筋はすっかり闇に覆われていた。

兵馬たちは、吉田から御油をへて、赤坂、さらに藤川まで、およそ五里の夜道を一気に歩いた。

倉地が一緒なので、お涼は『砕動風』を遣わない。

三人の足並みを揃えようと、遠慮しているのだろう。

しかし、倉地も御庭番家筋の当主であり、並みの武士とは違って、隠密特有の歩行術は心得ている。

兵馬には『走り懸かり』で鍛えた足腰の強さがあり、早駆けはむしろ得意の方だ。

この三人が一緒なら、かなりの里程を稼ぐことができそうだった。

昼は多くの旅人で賑わう東海道も、さすがに物騒な夜道をゆく者はなく、途中の村々も燈火を惜しんで早々と寝静まっているので、海辺に続く街道筋は、ほぼ漆黒の闇と言ってよい。

兵馬たちにとって好都合だったのは、いくら夜道を急いでも、誰からも怪しまれる心配がないことだった。

これで遅れていた日程を、一気に取り戻すことができるだろう。

「倉地どのが全快されたというのは、どうやら嘘ではないらしい」

お涼を追って足を急がせながら、兵馬は安心したように言った。

「まさか昼間には、このような歩行術は遣えぬからな」

御庭番家筋に伝わる足捌きを遣いながら、倉地は照れたように笑った。

「はじめから、こうして夜道をゆくべきであったかもしれませんな」

倉地にも家伝の歩行術があることを、兵馬はこれまで知らずにきた。

お涼の『砕動風』を見破ったのも、すでに原形を失ってしまったとはいえ、倉地にも同じような素地があったからだろう。

「まだ人通りはありません。ここは一気に駆け抜けましょう」

倉地が忍びの歩行術を心得ていると知って、お涼も遠慮なく『砕動風』を遣いだした。

三人が歩く速度は倍加されて、ほとんど駆けているに等しい。

しかし傍目には、あくまでも歩いているとしか見えないのは、不思議と言えば不思議だった。

かつて山岳修験道の行者たちが、これを『縮地法』と呼んだのは、うがった見方と言うべきだろう。

歩いてゆくというよりも、みずからは動くことなく、地面を手許にたぐり寄せているように見えるからだ。

岡崎城下に着いた頃には、わずかに東の空が白みかけていた。

「夜が明けるまでには、池鯉鮒《ちりふ》あたりまで行きたいものだ」

久しぶりの歩行術に自信を得たのか、倉地はずいぶん強気になっている。

大坂に着くはずの日程が、遅れていることを気にしているのだろう。

「無理はなさらぬ方がよい。岡崎城下は人目も多い。夜中に遣ったような歩行術は、控えた方が無難でしょう」

兵馬がたしなめると、

「そうよ。また傷口が開いても知らないわよ」

すでに『砕動風』の足捌きをやめていたお涼も、突き放したような口調で、倉地の無謀さを止めた。

「そのかわり、今日は歩き詰めになるわよ」

お涼は冷たく言い放った。

遅れた日程を取り戻すためには、わずかな休息も与えないつもりらしい。

岡崎は江戸から八十里十一丁、京までは四十五里の位置にある。

いまは本多中務大輔《ほんだなかつかさたいゆう》五万石の城下町だが、徳川家にとっては父祖の地と言えるだろう。

山間の松平郷から出た家康の祖先は、しだいに平地へ向かって勢力を伸ばし、祖父清康《きよやす》のとき、岡崎城を攻め取った。

それ以来、岡崎城は松平氏の居城となり、この城を拠点として三河一帯に勢力を伸ばしていった。

家康の祖父清康、父広忠《ひろただ》、松平を称していた三河時代の家康、そして家康の嫡男信《のぶ》康《やす》と、四代にわたって岡崎を居城にしている。

むごい悲劇もあった。

家康（竹千代）が尾張で人質となっていたとき、父の広忠が側近の岩松八弥《いわまつはちや》に岡崎城内で斬られた。

そのとき広忠は二十四歳、織田家の人質になっていた竹千代は、まだ五歳にも満たなかった。

広忠が刺された刀も、清康が斬られたのも『村正《むらまさ》』だったので、徳川家では『妖刀』として忌《い》んだと言われている。

家康の嫡男岡崎三郎信康が、織田信長の嫌疑を受けて自刃《じじん》し、生母の築山殿《つきやまどの》が殺害されたのも、岡崎城主となった直後だった。

織田信長の嫌疑とは、信康が武田勝頼《たけだかつより》に内通して、信長に謀叛《むほん》を企てている、という風説によるもので、確たる証拠もないまま、家康はこのとき、将来を嘱望された嫡男と、その生母である正室築山殿を、みずからの手で誅殺《ちゆうさつ》せざるを得なかった。

徳川家にとって、岡崎は父祖の地であるとともに、血と怨念の城と言えるかもしれない。

岡崎の城下を抜ける頃には、東の空は茜色に染まっていた。

早くも霜が降りる季節になったのか、路上は白銀を薄く連ねたように輝いている。

神韻とした銀世界の中を、三人は足早に通り過ぎた。

岡崎宿の西の外れに、朝の霜に輝く巨大な橋が架かっている。

架橋の長さが二百八間もある矢矧大橋だ。東海道に架かる他の大橋、六郷大橋、吉田大橋、瀬田大橋に比べても、橋の長さは二倍近くある。

街道第一の橋と言われているが、たぶん日本一の大橋だろう。朝霜が下りて、薄闇の中にくっきりと浮いて見える欄干や橋板は、銀箔を貼ったように輝いて、これがはたしてこの世の景色なのかと、思わず眼を奪われるほどに美しかった。

「この白銀《しろがね》のような輝きも、朝日が照れば一瞬にして消える。われわれは偶然にも、その瞬間に立ち会うことができたわけだ。まさに、千載一遇、あるいは、盲亀浮木《もうきふぼく》、と言うべきかもしれぬな」

通人の倉地文左衛門は、銀色に輝く矢矧大橋の美しさに、心から感動しているようだったが、そのことを素直に口にすることができず、勿体ぶっているつもりで、芸のない陳腐な漢語を並べている。

「美しいものは、刹那《せつな》の中にしかないのよ」

お涼は端的に言い切った。

「橋は橋としてあるのでござる。たとえ曙光《しょこう》のもとで白銀のように輝こうとも、あるいは真昼の塵埃《じんあい》に汚れようと、橋の実体に変わりはござるまい」

つまらぬことを言ったものだ、と兵馬は口にした瞬間に後悔していた。

このようなとき、面白くもないことを言って、せっかくの雰囲気を毀してしまうから、野暮な男と思われてしまうのだ。

それと察したのか、

「矢矧川のほとりには、浄瑠璃姫《じょうるりひめ》と源義経の墓があるという」

倉地はまた性懲りもなく、いらぬ蘊蓄を傾けだした。

「奥州平泉で死んだ義経の墓が、この地にあるというのも異な話だが、むしろこれは、浄瑠璃発生の記念碑、と言うべきであろうな」

生けるが如き木偶《でく》人形を遣いながら、浄瑠璃姫と牛若丸の恋を唄ったのが、浄瑠璃語りの始まりだと言われているから、墓標ではなく記念碑だという倉地の説は正しいのかもしれない。

兵馬もつられて口を添えた。

「聞くところによれば、他ならぬ浄瑠璃姫の唄った音曲が、浄瑠璃節として後の世に伝えられたということでござるが」

その説によると、浄瑠璃姫は、みずからの悲恋を、道ゆく人々に唄い聞かせていたことになる。

そうなれば、浄瑠璃節の創始者と言われる浄瑠璃姫は、牛若丸を恋した当の本人だったのか。

「あたくしの鳥追い唄もそれと同じよ」

すかさずお涼は言った。

「三味線に乗せて唄うとき、あたくしは身も心も、あるいは霊魂までも、唄われている本人になり変わっているのよ」

また意味ありげなことを、と兵馬は困惑を隠せない。

そのたびにお涼という女がわからなくなるのだ。

仮面の女か。

それとも肉づきの面か。

「しからば浄瑠璃姫は、時と場所という限界を越えて、いつでも、どこにでも、出現することになるが」

兵馬はお涼の気持ちを測りかねた。

「そのとおりよ」

お涼はさりげない口調で答えたが、兵馬にはかなり重い意味を持つ言葉だった。

兵馬は不意に思い出した。
かすかな断片となって、いまも耳朶の奥に残っている悲しげな響きを。

夢の間なりと、
夢の間なりとも。

いまこの思ひ、
何に譬へん。

君を思ひの、
晴れるでもなし。

夕暮れの迫る豊川の河原で、お涼が唄っていた隆達小唄は、百年前に流行った昔の歌ではなく、いまを生きる女の、生々しい思いを伝えるものだったのか。
あれほど近くにいながら、言葉を交わすこともなく、はるか昔に流行った小唄を歌いながら、お涼は何を伝えようとしていたのだろうか。

# 四

「おぬし。御目付とのあいだに何があったのだ」

倉地は真顔になって兵馬を詰問した。

前日の夕刻に吉田を出てから、休むことなく昼夜を歩き通して、ようやく桑名《くわな》の旅籠に着いたときのことだった。

兵馬と倉地は京屋小兵衛《きょうやこへえ》の宿に入ったが、お涼は別の旅籠に宿を取った。

さすがに疲労困憊していたのか、兵馬たちと同じ旅籠に泊まって、天井裏に忍び込むような真似もしないらしい。

倉地はそれ以上に疲れきっていたはずだが、兵馬を問い糾す語気は鋭く、御庭番家筋らしい威厳さえ感じられた。

「何が、と言われても……」

兵馬は口ごもった。

「隠すな。わしにはわかっている。おぬしはあの女と寝たのか」

倉地は単刀直入に糾問した。

「そのような露骨な言い方は、倉地どのらしくもござらぬ」

兵馬はムッとして言い返したが、それでは倉地が言ったことを、肯定したようなものだった。

「やはりそうか。どうも様子がおかしいと思っていた」

蒼白になった倉地の顔には、絶望とも怒りともつかぬ、激しい感情が走っている。

「そのことに、いつから気づかれたのか」

兵馬は間の抜けた声で問い返した。

わかるはずはない、と思っていたので、兵馬には倉地の唐突な怒りが理解できない。

「岡崎を過ぎた頃からだ。それまで気づかなかったのは、わしとしたことが、いかい不覚であった」

倉地は無念そうに切歯扼腕《せっしやくわん》して、

「まずいことをしてくれたな」

恐ろしい眼で兵馬を睨みつけた。

兵馬が御庭番宰領になってから、倉地に叱責されたのは初めてのことだった。

「わしが御目付どのに胡麻《ごま》を擂り、幇間まがいのお世辞まで言っていたことも、すべてが無駄になってしまったわ」

恨めしげな倉地の声には、言いしれぬ悔しさが滲み出ている。

「おぬしは、あの女の恐ろしさを知らぬ」

慨嘆するように言った。

「口先だけで戯れるのと、実際に寝るのとは違うのだ」

江ノ島から道連れになった弁天お涼に、御庭番家筋の倉地が、まるで幇間か遊蕩者のような、見え透いたおべんちゃらを遣っていたのは、あの恐ろしい隠し目付に、わずかな隙も見せまいという配慮からだという。

「無粋なおぬしには、とても頼めない微妙な役と思ったから、阿呆で剽軽《ひょうきん》な道化役を、このわしが一手に引き受けていたのに、女には堅いと評判のおぬしが、まんまと籠絡されようとはな」

倉地の一方的な物言いに、兵馬は呆気にとられ、しばらくは返す言葉もなかった。

理由を訊くことさえ憚られるほど、倉地はひとり激昂している。

「いつからだ」

倉地は容赦なく追及してくる。

「嶋田の夜からでござる」

兵馬が正直に答えると、それを聞いた倉地の顔に衝撃が走った。

「なんと、わしと別れたその日のことではないか」

嵌められたのだ、と倉地は口惜しそうに呻いた。

「わしを監視するはずの御目付が、わしに船旅を勧めたのは、おぬしを籠絡しようとの魂胆からか。しかも別れたその日に、女嫌いと評判のおぬしが、手もなく陥落してしまうとは、まさに青天霹靂《へきれき》としか言いようがない。おぬしには、それがどういうことなのか、わかっているのか。隠密御用に出た身でありながら、あまりにも無用心に過ぎようぞ」

いくら怒鳴られても、倉地が何に怒り、どう絶望しているのか、兵馬にはさっぱり理由がわからない。

「お言葉でござるが」

兵馬は改めて問い返した。

「あまり品のよい言い方ではござらぬが、仮に拙者が御目付どのと寝たとして、どのような支障が生ずるのでござろうか」

倉地は怒りと驚きのあまり眼を白黒させ、

「支障だと！」

まじまじと兵馬の顔を見返した。

「おぬしは事の重大さを、何もわかってはおらぬようだな」

倉地は憤激したが、ようやくのことで激昂を抑え、一語一語を嚙んで含めるように言った。

「寝物語に何を話した」

「よくある男女の睦言でござる」

「それを聞き出すのは野暮の骨頂だが、この際だからあえて訊く。あの女と媾合《まぐわい》のさなかに、取り乱して何かあらぬことを口走った記憶はないか」

「ござらぬ」

「よく思い出せ。われらの命運にもかかわることだ」

「やはり、何もござらぬ」

「戯《ざ》れ言の中に、何か含みある意味が込められてはいなかったか」

「閨での睦言は、すべて本音でござった。男女の仲にかかわること以外は、口にしたことはござらぬ」

「そこがあの女の恐ろしいところだ。睦言にこと寄せて、おぬしの口から、何ごとかを吐かせようとしたことはないのか」

「心当たりはござらぬ」

「ただでさえ女はいつわり多き者。ことに隠し目付と呼ばれるあの女には、どこか計り知れないところがある。おぬし、御目付の妖しい色香に迷って、騙されているのではないだろうな」

「はばかりながら、拙者も兵法者の端くれでござる。たとえ閨の睦言なりとも、真贋《しんがん》を見分ける術《すべ》は心得てござる」

「それほどに申すなら、腰の物にかけても誓うか」

「誓っていつわりは申さぬ」

兵馬は腰にした『そぼろ助廣』を鍔元から三寸ほど抜いた。

倉地も仕来《しきた》りどおり、腰の佩刀《はいとう》を三寸ばかり抜く。

二人はそのまま腰を寄せ合い、

「死を賭しても誓う」

兵馬は『そぼろ助廣』の刃元を、倉地の刀身に打ち当てた。

チャリン、という澄みわたった金打《きんちょう》の音が響いた。

「約束は違《たが》えまじ」

倉地も緊張した面もちでこれを受けた。

「思い起こしてみれば……」

金打の緊張がややほぐれてから、倉地はいつものような笑みを浮かべて言った。

「おぬしと金打をしたのは、これが初めてであったな」

御庭番宰領に任命されたときも、遠国御用に出立するときも、二人は金打などしたことはなかった。

金打とは、武士としての誇りをかけた、固い約束であるからだ。

この約束が果たせなければ、いさぎよく腹を切って身の証しを立てる。

そのような厳しさゆえに、いまどきは金打などせず、安穏とした一生を終わる武士たちが、ほとんどと言ってよい。

一命を賭しての約束など、軽はずみにできることではないからだ。

「それほどまでの思い、はたして御目付に通じているのかな」

倉地は兵馬の純情を憐れむように呟いた。

「それとこれとは別でござる」

武士の誓約と、男女の仲とは別のもので、一方は死を以てこれに償い、一方は生の根源に迫る情動なのだ、と兵馬は思っている。

ふたつは生と死という、相反する方向に開いており、本来なら決して交わるはずのものではなかった。

しかし兵馬は、表裏一体となった生と死の誓いを、一身にして体現してゆかなければならないのだ。

武士として、金打をした倉地との誓いはともかく、男女の情を交わしたお涼との誓いは、兵馬の一方的な思い込みにすぎないかもしれない。

まだ見ぬ仮面の奥にある、お涼という生身の女を、信じてゆくより他に、根拠となるようなものは何もないのだ。

しかもそれは、もし兵馬にわずかでも疑いが兆したら、瞬時にして崩れてしまう危ういものだ。

そうなれば、金打した倉地への義理もあり、即座に腹を切って、みずからの生涯を終わらせなければならない。

死を賭した恋か、と兵馬は思う。

何を好きこのんで、実りなき苦難を選ぶのか、と冷めた眼で思わないでもない。

しかし、もはや帰路を断たれてしまったのだ、という思いが、闇に舞い飛ぶ蛍火のように、兵馬の胸の内を飛び交っていた。

「こうなれば、われらは命運を同じくして、御用に赴くより他はない。おぬしの金打を信じて、わしもつまらぬ忖度《そんたく》はいたすまい。隠し目付の役目とわれらの使命は、おのずから別のものであった」

江戸を出て以来、隠し目付への対応に憔悴《しょうすい》しているかに見えた倉地も、兵馬の金打によって、ようやく踏ん切りが付いたようだった。

桑名は江戸から九十六里、京へは二十九里半二丁になる。

それだけ上方《かみがた》に近づいたわけだ。

このあたりは木曽川の下流域で、乱流する川筋が幾多の中洲を造っている。

水の要塞に囲まれた村々は、それぞれ自立心が強く、武装して争うことや、交易で結びつくことを繰り返していたが、下克上の世には、小競り合いや騒乱の火元となって、たとえば長島一揆のように、ときには天下の動勢までを左右した。

織田信長、豊臣秀吉、徳川家康など、天下を制覇した武将たちは、いずれもこの伊勢湾に接する片々たる地から出ている。

いわば、覇者の揺籃、とも言える土地柄なのだ。

信長の上洛が、他の戦国大名より容易だったように、東海道もここまで来れば、目的地の京大坂までは目睫《もくしょう》の間にある。

「四日市を過ぎれば、街道は海辺を離れて内陸に入る。わしの未熟な歩行術では、昨日今日までのように速くは歩けまい。今日の疲れを明日に持ち越さないことだ」

夕食がすんで一風呂浴びると、倉地はすぐに頭から蒲団を被り、たちまち高鼾をかいて寝てしまった。

兵馬もさすがに疲労は深い。

その夜は夢を見ることもなく昏睡した。

## 五

桑名の宿を出てしばらくゆくと、いつの間にやらお涼が一緒に歩いている。

「またお会いしましたわね。ゆうべはよく眠れまして？」

さりげなく話しかけてきた声の調子は、いつもとほとんど変わらない。

兵馬と男女の仲になったことを、倉地に気取らせるようなそぶりは毛ほどもない。

「また道連れになりましたな」

倉地も他人行儀な挨拶を返して、また三人が連れ立って旅をすることになった。

「海が明るいわね」

お涼が明るく声をかける。

「さよう。まぶしいほどですな」

倉地がお世辞笑いを返す。

何ひとつとして変わるものはない。

このようにして昨日と今日は連続しているように見える。

それが可能なのは、それぞれの役割に忠実で、たがいの仮面の下を覗き込もうとしないからだろう。

ほんとうは、すべてが変わってしまったのだ、と兵馬は思う。

たとえば、ゆく川の流れのように。

あるいは人々が、かぶり続けている仮面のように。

それが、慣習というもの、なのかもしれない。

日々の安穏はその中にあるとも言えるだろう。

しかしそれが、いきなり崩れるときが、訪れるかもしれないではないか。

安穏に見える日々の中にも、危険は常に内包されているのだ。

ほんとうは、すべてが移り変わっているのだから。

流れ去るものを、あたかも変わらぬものである如く粧い、さり気ない顔をして耐えているのが、日々の暮らしというものだろう。

そのことに耐えられなくなったときには、平穏そうに見えた日々は、あとかたもなく破綻する他はない。

だから人は、今日を昨日の続きと信じて、同じような明日があることを疑わない。日々の破綻を免れるためには、それに耐えてゆくための仮面が必要となるのだ。

お涼という女には、人並みはずれた『耐える力』があるのかもしれない、と兵馬は思う。

だから幾層もの仮面を付けながらも、平然としていることができるのだ。

たとえお涼の仮面の下に、どのような仮面があろうとも、いまは剝ぎ取るべきではない、と兵馬は思っている。

仮面の下には実体がなく、すべての仮面を剝ぎ取られたお涼には、闇黒の死が待ち受けているのではないか、と思われてならないからだ。

それにしても、と兵馬は溜め息をついた。

倉地が男女の仲に気づいたのは、さすが御庭番家筋、と言うべきなのか、それとも日頃から通人ぶっている倉地には、その方面に対する鋭い嗅覚が備わっているのか。

「おさむらいさんは、無口なんですね。旅のなぐさみに、鳥追い唄でも弾きましょうか」

いかにも旅の女芸人らしい口調で、お涼が兵馬に話しかけてきた。

「拙者はその方面にうとい。しかしお隣には江戸の通人がおられるようだ」

兵馬は面食らって、お涼の申し入れを、物知り顔をしている倉地に振った。

「まあっ、冷たい言い方をなさいますこと。いいわ。お代はいただきません。あたし、勝手に弾きますから」

お涼は怨ずるように笑うと、背負っていた三味線を油紙の包みから取り出し、三弦の音律を調べながら、ペンペンペンと弾きだした。

相思《あひ》ふ中さへ変はる世の習ひ
ましてや薄き人な頼みそ

「相変わらずよい声でござるな」

倉地は月並みなお世辞を言ったが、兵馬は無言のまま心を澄まし、小唄に籠められたお涼の声を聞き取ろうとしていた。

「お褒めいただいたお礼に、もう一曲唄うわ」

お涼は軽くお辞儀をして、女芸人らしい色気を振りまいたが、兵馬が黙っているせいか、あまり嬉しそうではなかった。

「こんなのはどうかしら」

兵馬に流し目を遣いながら、お涼はまた唄いだした。

うらみあるこそ頼みなれ
思はぬ中はふらずふられず

「隆達小唄とは、なかなか奥が深いものですな」

倉地はまた、見え透いた胡麻を摺りだした。

「兵法の奥義には、歌で伝えられるものが多いが、男女の痴話にすぎないような隆達小唄でも、弁天どのが唄えば、まるで兵法の極意書のように聞こえる。まことに不思議なものですな」

倉地はお涼の唄う隆達節に、どこか危険なものを感じ取ったに違いない。

それで、なんとか話題を変えようと、無理やりこじつけて、兵法の極意書などを持ち出したのだ。

お涼が唄った隆達節を、兵法の悟道歌として読み解けば、執着を捨てよ、ということになるだろう。

倉地にしてみれば、恋の執着を捨てよ、ということを、兵馬にも、お涼にも、とくと言い聞かせたいに違いない。

そうではないのだ、ということに、兵馬は不意に気づいた。

お涼は女の真心《まごころ》を唄に託して、兵馬に伝えようとしているのだと思っていた。違うのだ。

これはお涼の真心を伝える歌ではなく、兵馬の心情を慮《おもんぱか》って唄っているのだ。

お涼は三味線の音色に乗せて唄っている。

あなたは、あたくしのことを、気まぐれで薄情な女と、思っているのではないでしようか。

もしそう思われるなら、とお涼は唄う。

あたくしを恨んでくれてもよい、それだけが頼りの、はかない縁《えにし》なのだから。

あなたがあたくしに抱く思いが、たとえ恨みや憎しみであろうとも、何も思われないより思われた方がいい。

そんな響きを伝えるお涼の唄声だったのだ。

## 六

桑名から四日市までは、波の穏やかな海岸に沿って歩き、石薬師《いしやくし》に差しかかる頃から、街道は海辺を離れて内陸に入った。

石薬師から、庄野、亀山、関までは枯れ野原のような平地が続く。

関の宿に入ったところで、

「今宵はここに泊まろう」

真っ先に倉地が音《ね》を上げた。

この三日間を、ほとんど休むことなく歩き続けたので、御庭番家筋に伝わる倉地の歩行術も、そろそろ限界に達していたらしい。

「そうしましょうか」

とお涼も応じた。

「明日は鈴鹿《すずか》越えよ。今夜はよく休んでおくのね」

兵馬もホッとしたように、

「鈴鹿峠を越えれば、京まではもうすぐでござるな」

なんとか間に合いそうだ、と胸を撫で下ろす思いだった。

「そろそろ灯ともし頃ね」

宿場町の辻々には、夜を迎える灯火が燃えていた。

宵闇を照らす提灯が、旅籠の軒に吊られている。

「この先は関の西か」

倉地は江戸者らしい感慨を込めて言った。

つまりこのあたりから、いよいよ関西に入るわけだった。

ここが関と呼ばれているのは、いにしえの三関のひとつ、鈴鹿の関があったからだという。

近江に逢坂《おうさか》の関。

伊勢に鈴鹿の関。

美濃に不破《ふわ》の関。

いにしえは、これを三関と呼んで都城の護りとした。

ちなみに『関東』とは、逢坂の関から東を指し、古書（日本書紀など）に書かれている『東国』とは、美濃以東のことを言う。

信濃や甲斐はもちろん関の東にあり、壬申《じんしん》の乱における東国の兵とは、美濃や信濃から募った兵士たちのことだった。

ましてや相模や武蔵などは東の果てで、都落ちした『伊勢物語』の主人公（在原業平）の一行は、隅田川のほとりで「かぎりなく遠くも来にけるかな」と悲歎し、渡し守から「はや舟に乗れ、日も暮れぬ」何をぐずついているのか、と苛立たしげに怒鳴られている。

東下《あずまくだ》りをした在原業平の一行は、まるで人外境にでもゆくような悲愴な思いで、武蔵と下総《しもうさ》の境を流れる隅田川を渡ったのだ。

その頃の隅田川は東のどん詰まりで、この世とあの世の境界を流れる川、あるいは異界への入り口、と思われていたに違いない。

武家が政権を執った鎌倉期になると、東西を分ける境界は箱根の関となり、さらに時代が下って、江戸に幕府が置かれてからは、箱根から西には化け物が住む、と江戸っ子たちがうそぶくまでになる。

いわゆる『関』の東進は、この国を支配する中心軸の東進に他ならなかった。

伊勢の関は、江戸を去ること百六里二丁、京までは十九里半、目的地には二日のところまで近づいたわけだ。

「今夜は相宿《あいやど》にしてね」

旅籠街に入って、どの宿にしようかと物色していると、お涼はいきなり、同じ部屋に泊まりたい、と言い出した。

「それは、われらとしても、望んでいたことではござるが……」

倉地は驚愕のあまり、後の言葉が続かない。

「あら、よかったわ。この三人が一緒なら、関で一番大きな鶴屋吉兵衛《つるやきちべえ》の宿がいいわ。たまにはちゃんとした部屋に泊まりたいでしょ」

お涼はすっかりその気になって、街頭にひしめいている客引きたちの中から、鶴屋と書かれた提灯を捜し出した。

「ちょっと、待ってくださらぬか」

倉地は狼狽し、お涼を引き留めようとして、思わず後ろ帯に手を掛けた。

弾みでお涼の帯が解けかけた。

「あらっ、気が早いのね。でも、誤解しないで。一緒の部屋に泊まると言っても、そういうことではないのよ」

お涼は艶然として笑みを浮かべたが、倉地の顔はたちまち蒼白になった。

「も、もちろんでござる。とんだ失礼をいたした。なにとぞご容赦を願いたい」

お涼は路上に立ち止まって、ほどけかけた帯を締め直しながら、

「気をつけてくださいね。色情狂とまちがえられますわよ」

悪戯っぽい眼で倉地を睨んだ。

# 七

このあたりは上方に近いせいか、主取りの武士、浪人者、鳥追い女という、一風変わった取り合わせでも、宿の者はさして怪訝そうな顔もせず、三人一緒に同じ部屋へ通した。

これだけは避けたい、と危惧していた倉地の意に反して、三人は同じ部屋で寝ることになったわけだ。

もっとも鶴屋吉兵衛では、浪人者を護衛に雇っている裕福な武士が、一夜の楽しみに旅の女芸人を連れ込んだ、と思っているのかもしれない。

客慣れした旅籠としては、よくあることだと、意に介さなかったわけだろう。

奥の八畳間に通された三人組は、ひとまず風呂を浴びることにして、塵埃にまみれた旅衣裳を脱いで宿の浴衣《ゆかた》に着替えた。

江ノ島の岩窟で、平然として全裸をさらしたお涼は、ここでもみごとな脱ぎっぷりを見せたが、男二人は部屋の隅にかたまってもじもじしている。

「お風呂もご一緒したいけど、たぶん狭い湯槽でしょうから、三人で入るのは無理でしょうね。せっかく同じ宿に泊まれたのに残念だわ」

お涼は悪戯っぽい顔に、屈託なさそうな笑みを浮かべている。

「拙者、お先にいただいて参る」

褌一本になった兵馬は、すばやく浴衣を着けると、兵児帯《へこおび》に浴用の手拭いをはさんで、逃げるようにして廊下へ出た。

「待ってくれ。わしも行く」

半裸のお涼と二人だけになるのを恐れて、倉地はまだ浴衣の帯も結ばないまま、大急ぎで兵馬の後を追ってきた。

暗い廊下のどん詰まりには、銭湯にも似た大きな湯屋がある。

湯屋への潜り戸を開けると、濛々と立ち籠める白い湯煙に、いきなり視界を奪われて立ち尽くしてしまった。

湯槽《ゆぶね》はさして広くはないが、湯煙が立ち籠めている薄暗い片隅に、男とも女ともつかず、もぞもぞと動いている人影が見える。

闇に眼が慣れるにつれて、武士や町人、百姓が、男も女も一緒になって、まるで芋を洗うように、狭い浴槽に入っているようすが見えてくる。

思わず気圧《けお》されて、湯槽の近くに立っていると、

「ちょっと、ごめんなさいよ」

旅の者らしい江戸弁の男が、兵馬を押し退けるようにして、混み合っている湯槽に割り込んでゆく。

浴槽の中は混み合っているが、詰めればまだ入れそうだった。

兵馬は懸け湯をして湯槽に沈もうとしていた。

そのとき、湯屋にどよめきが沸いた。

なんだろう、と思ってふり向くと、白い湯煙が沸き立つように流れて、暗い浴槽に外光が射し込んでいる。

濡れた潜り戸を開けて、また誰かが入ってきたらしい。

思いがけない逆光の中に、くっきりと浮かび上がった黒い影は、美しく均整の取れた若い女の裸だった。

湯槽に沈んでいた男たちの視線が、ことごとく女に集まる。

これまで騒然としていた湯屋の中は、ほんの一瞬だけ、水を打ったように静まり返った。

感嘆の声を洩らす男たち。

女たちの眼にも羨望の色が浮かぶ。

兵馬は湯槽に飛び込んで、熱い湯に我慢しながら、わざとそっぽを向いている。

倉地も無理やり割り込んで、兵馬の耳元に口を寄せた。

「えらいことだ。狭い湯屋に裸弁天が舞い下りたぞ」

お涼は白い湯煙を浴びながら、兵馬が入っている湯槽に近づき、すぐ近くに屈んで懸け湯をしているようだった。

「ごめんなさいね」

お涼がすらりとした白い脚を、そっと湯の中に沈めると、あれほど混み合っていた浴槽が、引き潮のようにさっと開いた。

兵馬はお涼と入れ替えに湯槽を出た。

宿から借りた手拭いで、濡れた身体をさっと拭うと、まだ半乾きのまま浴衣を引っかけ、さっさと部屋に戻ってしまった。

倉地もすこし遅れて、薄暗い湯屋から逃げ出してきた。

鶴屋の湯屋は、思いがけない裸弁天の降臨に、まだどよめきが続いているらしい。

「驚いたな。まさかあの御目付が、ほんとうに共同湯に入って来ようとは思わなかった。あの方は幕閣さえも恐れる影の力を持っているのだ。いくら隠密の旅であるとはいえ、われらと同宿するばかりか、あのような垢と膏《あぶら》で汚れた湯槽に、よくぞ入って来られたものだ」

倉地は驚愕を隠さなかったが、兵馬は呆れ果てて声もなかった。

「これからどうする?」

さすがに倉地文左衛門は、遠国御用の行く末が、案じられてきたのだろう。

「ゆく先々で、このような騒動を起こされては、とても隠密の御用などはつとまるまい」

見知らぬ男たちに、惜しげもなく裸を見せて、お涼は誰の気を惹《ひ》こうとしているのか。

あるいは兵馬ひとりでは足りず、倉地まで籠絡しようというのだろうか。

「御目付はもうじき戻って来られよう。案ずることはござるまい」

兵馬が案外に落ち着いているので、倉地はすこしホッとしたように、

「あれは一種の脅しであろう。御目付の手には乗らぬことだ」

言いかけたところに、お涼が戻ってきた。

「みなさんが、あまり窮屈そうなので、気の毒になって出てきたわ」

兵馬たちに背を向けると、濡れた黒髪に櫛を入れ始めた。

頃合いを見計らって食膳が運ばれてくる。

鮎の塩焼きと鯉の煮付け、蕨《わらび》と青菜の漬け物に、蒸し鮑《あわび》、赤蕪《あかかぶ》の羹物《あつもの》、茹でわかめに、椎茸のお吸い物などが食膳に並び、頼みもしないのに二の膳まで付いている。

「ずいぶんと豪華な夕食ですな」

どうやら倉地は、お涼の顔さえ見ればお世辞を言うことが、習い性になってしまったらしい。

「お銚子も付けてね」

食膳を運んできた宿の小女に、お涼は勝手に熱燗を追加している。

「あなたたちのお手当では、旅先で晩酌もできないでしょう。今夜はあたくしの奢りよ。あたくしは鳥追い唄で稼げるから、気にしなくてもいいのよ」

湯気に濡れた黒髪が、薄暗い行燈の光の下で艶やかに光っている。

髪に櫛を入れ、薄化粧をして、身なりを調えたお涼には、気のせいか、格式の高い武家の妻女か、奥勤めの女房のような気品がある。

また別な仮面を付けたのか、と兵馬はお涼のようすを観察していた。

そうではない、これがお涼の素顔なのかもしれないではないか、と兵馬はあらぬことを考えたりする。

違うだろう。

御老中の隠し目付として、幕閣からも恐れられているこの女が、容易に素顔を見せるはずはない。

しかもいまは仕事中の身だ。

どこまでも仮面のまま、押し通すに違いない。

この女には素顔などあるのだろうか。

次々と変わる仮面の下で、お涼は何を考えているのか。

兵馬はわからなくなった。

狂おしく身を焦がした嶋田の夜も、この女には、ただの気まぐれにすぎなかったのだろうか。

「さあ、今夜は存分に飲んでね」

熱燗のお銚子が運ばれてくると、お涼は兵馬に朱塗りの盃をすすめた。

「これはみごとな、まるで三三九度の盃のようですな」

倉地がまた習い性になってしまったお世辞を言った。

「そうね」

とお涼はいま気がついたかのように、

「倉地どの、媒酌を願えませんか」

いきなり悪戯っぽく笑ったが、なぜか眼の光は真剣だった。

「誰の媒酌でござるか」

仕方なく戯れに乗ると、

「倉地どのが媒酌をつとめれば、ここには鵜飼さまとあたくしの他は、誰もいないではございませんか」

異論など差し挟みようもない勢いで、お涼は一気呵成に畳みかけた。

「さあ、鵜飼さま」

兵馬を床の間を背に坐らせ、お涼はいそいそと横に並んだ。

「まったくお似合いの、夫婦《みょうと》のようでござるな」

倉地は苦々しい思いを嚙み殺して、美しくも恐ろしい隠し目付に、いつものように胡麻を摺っている。

もうどうとでもなれ、と自棄《やけ》になっているらしかったが、そこは通人を自称するだけあって、いまさら野暮なことは言えない、という心意気が倉地にはあるのだろう。

「では婿どのに」

差し出された盃を兵馬は受けた。

ぐっと一息に飲み乾して、朱塗りの盃をお涼に渡す。

「あら、三三九度ですよ。一気に飲み乾すものではありませんわ」

お涼が文句を言うと、

「かまわぬではござらぬか。それぞれの遣り方で盃を交わせばよい」

倉地は通人らしく、粋《いき》なはからいをしているつもりらしい。

「それもそうね。あたくしも頂くわ」

お涼は形に拘らないらしかったが、媒酌人の倉地から、朱塗りの盃に酒を注がれると、しおらしい顔をして、しずしずと口を付けた。

「これでめでたく固めの盃はすみました。二世《にせ》にわたって末永き幸《さち》のあらんことを……」

と言いかけたが、倉地は空々しい気がして黙り込んだ。

監視する者とされる者が、夫婦の盃を固めたとしたら、二人の将来に待ち受けているのは、地獄の苦しみかもしれないではないか。

末永き幸、などと言うことは、この二人にはあり得ないのだ。

痛ましい思いに駆られたのか、倉地はにわかに居ずまいを正して、

「これも祝言の決まりでござれば」
二人に一礼すると、自慢の声で謡曲を唸りだした。

ここは高砂
松も色を沿ひ
春も長閑《のどか》に
四海波静かにて
国も治まる時津風
枝も鳴らさぬ御代なれや
逢ひに相生《あひおひ》の
松こそめでたかりけれ
げにや仰ぎても
言《こと》もおろかや
かかる世に
住める民とて豊かなる
君の恵みぞありがたき

君の恵みぞありがたき

倉地の唸る謡曲は、耳障りというほど下手ではないが、聴いている者にとっては、多少の我慢が必要だった。

「もう結構でござる」

倉地がさらに謡おうとするのを、兵馬は片手をあげて制し、

「明日は鈴鹿峠を越えるのでござる。空腹では持ちませんぞ。せっかくの御馳走、いつまでも手を付けないのは勿体ない。今夜は弁天どのも一緒です。パッと楽しくやろうではござらぬか」

まずは食膳をいただこう、と提言した。

「実は、わしもその方がいい」

倉地もすぐにその気になって、もっと謡曲を唸りたい、などと傍迷惑なことを言わなかった。

「あたくしも今夜は、いつもの鳥追い女ではないわよ」

櫛目を入れて髪を整え、薄化粧しただけで、たしかにお涼はこれまでとは違う気品を備えている。

「まるでどこかの姫君のようですな」

倉地はまたお世辞を言ったが、本気でそう思っているようにも思われた。

「京都にゆけば、漂泊の鳥追い女はやめて、公家の姫君に化けるのよ」

ほんのりと頬を染めたお涼は、冗談ともほんとうともつかぬことを言いながら、心地よさそうに盃を傾けている。

「もっとお銚子を持ってきて」

食膳を下げにきた小女に、お涼は熱燗の追加を頼んだ。

「もうかなり飲んでいますぞ」

倉地が心配するほど、お涼は酒量を重ねていた。

「いいじゃないの。こんなに飲むのは今夜だけなんだから。いくら酔っぱらったって、倒れ込むのはこの部屋なんだから、そしてそのまま眠ってしまうんだから」

お涼は底抜けに上機嫌だった。

「酔って、眠って、そのまま眠りから醒めなければいい。そうなれば二世の契りだって、かりそめの誓いではなくなるわ」

なぜか気になることをいいながら、お涼は楽しそうに盃を傾けている。

先ほど倉地の媒酌で、兵馬と三三九度を交わした、あの朱塗りの盃で。

## 八

朝になって眼を覚ますと、三人は酔いつぶれたまま眠ってしまったらしく、昨夜の狼藉ぶりが、暁の赤い薄明かりに照らされて、無惨なほど露《あら》わになっている。

お涼の結い上げた髷は崩れ、長い黒髪は畳の上に散っていたが、それがかえって艶《なま》めかしく、兵馬は思わずごくんと生唾を呑み込んだ。

浴衣の裾は乱れて、むっちりとした白い内股が覗いているが、あまりの無防備さゆえか、淫らな寝姿には見えなかった。

乱れた裾を直してやろうと近づくと、お涼はすでに眼を覚ましていたらしく、思いがけない力で兵馬の手を握りしめてきた。

「……」

兵馬は無言のまま握り返した。

しなやかで柔らかく、そのくせ強靭な力を秘めた不思議な手だった。

兵馬を見るお涼の眼が、異様なほどに輝いているのは、涙で濡れているからではないか、とふと思ったが、あり得ないことだと倉地なら言うだろう。

「楽しかったわ」

とお涼は囁くような声で言った。

「そしてなんだか悲しかった」

お涼らしくないことを言う、と不思議に思いながら、兵馬はやはり無言のまま、寝乱れた蒲団を畳んで、着物を着替え、旅の身支度を調え始めた。

「ひどいことになっているな」

いつの間にか倉地も眼を覚まして、部屋中に転がっている空徳利を拾い集めている。

「せっかく一緒の部屋に泊まったのに、一夜が明けてみれば、まるで鬼の饗宴のような、乱暴狼藉の跡を見るだけなのね」

お涼は何が可笑しいのか、声を立てて笑った。

倉地が部屋を片づけている間中、なぜかお涼は笑い止《や》まなかった。

「ああ、おかしい。あまり笑いすぎて、涙が出ちゃったわ」

見るとお涼は、ほんとうに涙を流している。

やはり明け方に泣いていたのか、と兵馬は疑ってみたが、お涼は陽気を装って、そのような気ぶりは微塵も見せなかった。

早朝に宿を出た。

約束どおりお涼が酒代を払ったらしく、兵馬は割増料を取られなかったが、女に奢られるのは、いかにも色男ぶっているようできまりが悪い。

秋の深まりを見せる枯れ野には、幾筋もの川瀬が複雑に入り組んで、さまざまな反射光が、殺風景な景色を輝かせていた。

「関から坂の下までは、鈴鹿川が幾重にも瀬をなして、細かな支流が網の目のように分かれている。これらを併せて、八十瀬川《やそせがわ》と呼ばれているらしい」

倉地がまた半可通の蘊蓄を傾けだした。

一ノ瀬、藤の茶屋、新茶屋、楢の木と、街道の左や右に流れる八十瀬川を渡って、二百余軒の旅籠街が並ぶ坂の下を過ぎると、街道は鈴鹿の山中に入ってゆく。

鈴鹿山には広葉樹が多く、色褪せた紅葉はすでに散り始めていた。

そのため峠道は意外に明るく、宇津の山で迷ったような鬱々した気分とはほど遠い。

紅葉がみごとで色彩に溢れていた箱根とも違う。

お涼もここでは『砕動風』を遣うこともなく、軽々とした足どりで歩いている。

倉地は意外に健脚で、家伝の歩行術さえ遣うことがなかった。

二里ほど歩くと鈴鹿峠に出た。

ここは伊勢と近江の国境で、峠からは、遠く琵琶湖を望むことができた。

なだらかに傾斜している低い山並みは、すべてが琵琶湖に向かってなだれ込んでいるように見える。

そうは言っても、遠い琵琶湖が、くっきりと見えるわけではない。

白い靄のようなものが、ぼんやりと漂っているだけで、かすかに感じられる水の気配によって、それと知られるばかりだった。

秋の訪れとともに、茶褐色の落葉は散り尽くして、鈴鹿峠からの眺望を妨げるものは何もない。

琵琶湖から吹き上げる風の音だけが、あるいは低く、あるいは高く、低い山襞が続いている尾根伝いに、遠く波打つように聞こえてくる。

「鈴鹿峠を越えて、近江の土山まで出れば、京へはわずか十五里半。あなた方の足なら、さほど無理をしなくても、一日か二日もあれば京に着くでしょう」

峠の山風に吹かれながら、お涼はいきなり改まった顔をして言った。

「わたくしの役目はこれで終わります。これから先、どのような仕事が割り当てられるかわかりませんが、どうかご無事で御用を果たしてください」

物言いまでがこれまでとは変わっている。

鳥追い女の姿をしていても、お涼はすでに漂泊の女旅芸人ではなかった。

昨夜の仮祝言でふと見せたような、公家の姫君か、格式ある武家の妻女のような、凛とした気品があふれている。

次はどのような仮面をかぶるのか、兵馬には予想も付かないが、お涼はすでに新しい仮面を付けようとしているのかもしれなかった。

「さあ、ここからはお二人で行ってください。わたくしはあなた方を見送って、すぐに次の任務に入らなければなりません」

お涼は峠の頂きに立って、兵馬たちに京へ向かう道を指し示した。

「わたくしはこの峠の上から見送っています。決して後をふり返ってはなりません。そのまま真っ直ぐに進んでください」

兵馬は別人のようになったお涼を仰ぎ見て、

「もしふり返ったら？」

と未練がましいことを訊いてみた。

「そんなことをしたら、恐ろしい妖怪になったわたくしを、見ることになるかもしれませんよ」

お涼は可笑しそうに笑った。

そんなところに、鳥追い女に化けていた頃の片鱗を見て、兵馬は胸が塞がれるような懐かしさを覚えた。

変な話だ。

お涼はお涼として此処《ここ》にいるのに、眼の前にいるはずのお涼を懐かしんでいること

が、兵馬には信じられないような思いだった。

「さらばでござる」

兵馬は琵琶湖へ向かう坂道を下り始めた。

倉地も半歩ほど遅れて付いてくる。

あれほど隠し目付を鬱陶しく思っていたのに、もう監視されることがないとわかる

と、嬉しさより寂しさの方が強くなるらしかった。

「御目付はひょっとしたら」

しばらく歩いてから、倉地は重い口を開いた。

「われらを見張っていたのではなく、滞りなく遠国御用に就けるよう、道中を見守っ

ていてくれたのかもしれぬな」

倉地にはめずらしく、人の好いことを言っている。

あれほど恐れ、その前に出ると、胡麻を摺ることが習い性になってしまった苦手の

相手を、いまでは懐かしく思っているらしい。

倉地の未練が、半歩の遅れになっている、と兵馬は可笑しかった。

「やはりよくわからない人ですな」

兵馬は不平を言った。

「ゆうべの祝言はなんでござろうか。どこまでが本気で、どこからが悪戯なのか、わけのわからない女ではござらぬか」

「あれは本気だったのだ」

諭すような口調で倉地は言った。

「むしろ御目付の永久に果たされぬ夢を、あのような戯れの形で、祝ってみたかったのではなかろうか」

それで倉地は媒酌人として、謡曲『高砂』を唸るようなことまでしてくれたのか。

「ゆうべは別れの宴だったわけですな」

別れの宴で戯れの縁結びとは、どこまでも悲しい女かと兵馬は思う。

「琵琶湖までゆけば、京の街は文字どおり眼と鼻の先だ。御目付が言われたように、われらの歩行術があれば、無理をせずとも一日か二日の行程であろう。さいわい道は下りのだらだら坂だ。ひとつ早駆けをして里程を稼ごうか」

「それもよろしいですな」

一気に鈴鹿峠の麓まで駆け下る前に、兵馬は一度だけふり返って、峠の上から見送っているはずの、お涼の姿を見ようと思った。

妖しい花のような仮面の女。

お涼が冗談で言ったように、ふり返ればほんとうに恐ろしい妖怪になっているのかもしれない。

決して後をふり返らないで、と念を押されたではないか。

それでも……、と兵馬は思う。

たとえ恐ろしい妖怪になっていても、もう一度お涼の姿を見てみたい。

兵馬は思いきってふり返った。

琵琶湖から吹き上げられる山風が、さらに烈しさを増している。

風に吹き払われて、視界を妨げるものは何もないが、風が越えていく峠の道には、すでにお涼の姿を見ることはできなかった。

「この坂を下ってゆけば、琵琶湖のほとりに出る。そこまで一気に駆け下りようぞ」

倉地は年甲斐もないことを言っているが、そうすることで、胸に溜まっている何かを、振り払おうとしているに違いない。

「早駆けなら負けませんぞ」

兵馬も元気のよい声で応えた。

すでに中年に達しようとしている男たちは、はるか彼方に霧のようにたゆたっている琵琶湖へ向かって、ゆるやかな坂道を滑るように走り下りていった。

# 妖花伝《ようかでん》 御庭番宰領《おにわばんさいりょう》6

著者 大久保《おおくぼ》智弘《ともひろ》

発行所 株式会社 二見書房
東京都千代田区三崎町二-一八-一一
電話 〇三-三五一五-二三一一［営業］
〇三-三五一五-二三一三［編集］
振替 〇〇一七〇-四-二六三九

印刷 株式会社 堀内印刷所
製本 ナショナル製本協同組合

落丁・乱丁本はお取り替えいたします。
定価は、カバーに表示してあります。

©T.Okubo 2011, Printed in Japan. ISBN978-4-576-10167-5
http://www.futami.co.jp/

時代小説
二見時代小説文庫

## 水妖伝　御庭番宰領
大久保智弘［著］

信州弓月藩の元剣術指南役で無外流の達人鵜飼兵馬を狙う妖剣！　連続する斬殺体と陰謀の真相は？　時代小説大賞の本格派作家、渾身の書き下ろし

## 孤剣、闇を翔ける　御庭番宰領
大久保智弘［著］

時代小説大賞作家による好評「御庭番宰領」シリーズ、その波瀾万丈の先駆作品。無外流の達人鵜飼兵馬は公儀御庭番の宰領として信州への遠国御用に旅立つ。

## 吉原宵心中　御庭番宰領3
大久保智弘［著］

無外流の達人鵜飼兵馬は吉原田圃で十六歳の振袖新造・薄紅を助けた。異様な事件の発端となるとも知らずに……ますます快調の御庭番宰領シリーズ第3弾

## 秘花伝　御庭番宰領4
大久保智弘［著］

身許不明の武士の惨殺体と微笑した美女の死体。二つの事件が無外流の達人鵜飼兵馬を危地に誘う…。時代小説大賞作家が圧倒的な迫力で権力の悪を描き切った傑作！

## 無の剣　御庭番宰領5
大久保智弘［著］

時代は田沼意次から松平定信へ。鵜飼兵馬は有形から無形の自在剣へと、新境地に達しつつあった……時代小説の新しい地平に挑み、豊かな収穫を示す一作

## 仕官の酒　とっくり官兵衛酔夢剣
井川香四郎［著］

酒には弱いが悪には滅法強い！　藩が取り潰され浪人となった官兵衛は、仕官の口を探そうと亡妻の忘れ形見・信之助と江戸に来たが…。シリーズ第1弾

ちぎれ雲　とっくり官兵衛酔夢剣2
井川香四郎［著］

江戸にて亡妻の忘れ形見の信之助と、仕官の口を探し歩く徳山官兵衛。そんな折、吉良上野介の家臣と名乗る武士が、官兵衛に声をかけてきたが……。

斬らぬ武士道　とっくり官兵衛酔夢剣3
井川香四郎［著］

仕官を願う素浪人に旨い話が舞い込んだ—奥州岩鞍藩に、藩主の毒味役として仮仕官した伊予浪人の徳山官兵衛。だが、初めて臨んだ夕餉には毒が盛られていた。

夏椿咲く　つなぎの時蔵覚書
松乃　藍［著］

父は娘をいたわり、娘は父を思いやる。秋津藩の藩金不正疑惑の裏に隠された意外な真相！　鬼才半村良に師事した女流が時代小説を書き下ろし

桜吹雪く剣　つなぎの時蔵覚書2
松乃　藍［著］

藩内の内紛に巻き込まれ、故郷を捨て名を改め、江戸にて貸本屋を商う時蔵。春…桜咲き誇る中、届けられた一通の文が、二十一年前の悪夢をよみがえらせる…

蓮花の散る　つなぎの時蔵覚書3
松乃　藍［著］

悲劇の始まりは鬼役の死であった。二転三転する事件の悲劇と真相……。行き着く果てに何が待っているのか？俊英女流が満を持して放つ力作長編500枚！

雪の花舞う　つなぎの時蔵覚書4
松乃　藍［著］

江戸の町に降りつもる白雪を血に染めて一人また一人……非業の運命に立ち向かう時蔵の怒りと哀しみの剣！　女流俊英の読切時代長編、ついに完結！

二見時代小説文庫

## 山峡の城 無茶の勘兵衛日月録

浅黄 斑［著］

藩財政を巡る暗闘に翻弄されながらも毅然と生きる父と息子の姿を描く著者渾身の感動的な力作！本格ミステリ作家が長編時代小説を書き下ろし

## 火蛾《かが》の舞 無茶の勘兵衛日月録2

浅黄 斑［著］

越前大野藩で文武両道に頭角を現わし、主君御供番として江戸へ旅立つ勘兵衛だが、江戸での秘命は暗殺だった……。人気シリーズの書き下ろし第2弾！

## 残月の剣 無茶の勘兵衛日月録3

浅黄 斑［著］

浅草の辻で行き倒れの老剣客を助けた「無茶勘」こと落合勘兵衛は、凄絶な藩主後継争いの死闘に巻き込まれていく……。好評の渾身書き下ろし第3弾！

## 冥暗の辻 無茶の勘兵衛日月録4

浅黄 斑［著］

深傷を負い床に臥した勘兵衛。彼の親友の伊波利三は、ある諫言から謹慎処分を受ける身に。暗雲が二人を包み、それはやがて藩全体に広がろうとしていた。

## 刺客の爪 無茶の勘兵衛日月録5

浅黄 斑［著］

邪悪の潮流は越前大野から江戸、大和郡山藩に及び、苦悩する落合勘兵衛を打ちのめすかのように更に悲報が舞い込んだ。大河ビルドンクス・ロマン第5弾

## 陰謀の径《みち》 無茶の勘兵衛日月録6

浅黄 斑［著］

次期大野藩主への贈り物の秘薬に疑惑を持った江戸留守居役松田と勘兵衛はその背景を探る内、迷路の如く張り巡らされた謀略の渦に呑み込まれてゆく……

報復の峠　無茶の勘兵衛日月録7
浅黄 斑［著］

越前大野藩に迫る大老酒井忠清を核とする高田藩と福井藩の陰謀、そして勘兵衛を狙う父と子の復讐の刃！正統派教養小説の旗手が贈る激動と感動の第7弾！

惜別の蝶　無茶の勘兵衛日月録8
浅黄 斑［著］

越前大野藩を併呑せんと企む大老酒井忠清。事態を憂慮した老中稲葉正則と大目付大岡忠勝が動きだす。藩御耳役・勘兵衛の新たなる闘いが始まった……第8弾！

風雲の谺《こだま》　無茶の勘兵衛日月録9
浅黄 斑［著］

深化する越前大野藩への謀略。瞬時の油断も許されぬ状況下で、藩御耳役・落合勘兵衛が失踪した！正統派教養小説の旗手が着実な地歩を築く第9弾！

流転の影　無茶の勘兵衛日月録10
浅黄 斑［著］

大老酒井忠清への越前大野藩と大和郡山藩の協力密約が成立。勘兵衛は長刀「埋忠明寿」習熟の野稽古の途次、捨子を助けるが、これが事件の発端となって…

月下の蛇　無茶の勘兵衛日月録11
浅黄 斑［著］

越前大野藩次期藩主廃嫡の謀略が進むなか、勘兵衛は大目付大岡忠勝の呼び出しを受けた。藩随一の剣の使い手勘兵衛に、大岡はいかなる秘密を語るのか、第11弾！

奇策 神隠し　変化侍柳之介1
大谷羊太郎［著］

陰陽師の奇き血を受け継ぐ旗本六千石の長子柳之介は、巨悪を葬るべく上州路へ！　江戸川乱歩賞受賞のトリックの奇才が放つ大どんでん返しの奇策とは？

## 栄次郎江戸暦 浮世唄三味線侍

小杉健治［著］

吉川英治賞作家の書き下ろし連作長編小説。田宮流抜刀術の名手矢内栄次郎は部屋住の身ながら三味線の名手。栄次郎が巻き込まれる四つの謎と四つの事件。

## 間合い 栄次郎江戸暦2

小杉健治［著］

敵との間合い、家族、自身の欲との間合い。一つの印籠から始まる藩主交代に絡む陰謀。栄次郎を襲う凶刃の嵐。権力と野望の葛藤を描く渾身の傑作長編。

## 見切り 栄次郎江戸暦3

小杉健治［著］

剣を抜く前に相手を見切る。誤てば死―何者かに襲われた栄次郎！ 彼らは何者なのか？ なぜ、自分を狙うのか？ 武士の野望と権力のあり方を鋭く描く会心作！

## 残心 栄次郎江戸暦4

小杉健治［著］

吉川英治賞作家が〝愛欲〟という大胆テーマに挑んだ！ 美しい新内流しの唄が連続殺人を呼ぶ…抜刀術の達人で三味線の名手栄次郎が落ちた性の無間地獄

## なみだ旅 栄次郎江戸暦5

小杉健治［著］

愛する女を、なぜ斬ってしまったのか？ 三味線の名手で田宮流抜刀術の達人・矢内栄次郎の心の遍歴……吉川英治賞作家が武士の挫折と再生への旅を描く！

## 暗闇坂 五城組裏三家秘帖

武田櫂太郎［著］

雪の朝、災厄は二人の死者によってもたらされた。伊達家六十二万石の根幹を蝕む黒い顎が今、口を開きはじめた。若き剣士・望月彦四郎が奔る！

二見時代小説文庫

月下の剣客　五城組裏三家秘帖2
武田櫂太郎［著］

〈生類憐みの令〉の下、犬が斬殺された。現場に残された崑崙山の根付――それは、仙台藩探索方五城組の印だった。伊達家仙台藩に芽生える新たな危機！

霧幻の峠　五城組裏三家秘帖3
武田櫂太郎［著］

藩主伊達綱村排斥事件、続く実弟村知の隠居処分。事件の真相解明の前に立ちはだかる松尾芭蕉の影。やがて行きつく世に名高い寛文事件の知られざる真実。

進之介密命剣　忘れ草秘剣帖1
森詠［著］

開港前夜の横浜村近くの浜に、瀕死の若侍を乗せた小舟が打ち上げられた。回線問屋の娘らの介抱で傷は癒えたが記憶の戻らぬ若侍に迫りくる謎の刺客たち！

流れ星　忘れ草秘剣帖2
森詠［著］

父は薩摩藩の江戸留守居役、母、弟妹と共に殺されていた。いったい何が起こったのか？　記憶を失った若侍に明かされる驚愕の過去！　大河時代小説第2弾！

孤剣、舞う　忘れ草秘剣帖3
森詠［著］

千葉道場で旧友坂本竜馬らと再会した進之介の心に疾風怒涛の魂が荒れ狂う。自分にしかできぬことがあるやらずにいたら悔いを残す！　好評シリーズ第3弾！

影狩り　忘れ草秘剣帖4
森詠［著］

江戸城大手門はじめ開明派雄藩の江戸藩邸に脅迫状が張られ、筆頭老中の寝所に刺客が……。天誅を策す「影法師」に密命を帯びた進之介の北辰一刀流の剣が唸る！

剣客相談人 長屋の殿様 文史郎
森 詠［著］
若月丹波守清胤、三十二歳。故あって文史郎と名を変え、八丁堀の長屋で貧乏生活。生来の気品と剣の腕で、よろず揉め事相談人に！ 心暖まる新シリーズ！

狐憑きの女 長屋の殿様 剣客相談人2
森 詠［著］
一万八千石の殿が爺と出奔して長屋暮らし。人助けの万相談で日々の糧を得ていたが、最近は仕事がない。米びつが空になるころ、奇妙な相談が舞い込んだ……。

影法師 柳橋の弥平次捕物噺
藤井邦夫［著］
南町奉行所吟味与力秋山久蔵と北町奉行所臨時廻り同心白縫半兵衛の御用を務める岡っ引、柳橋の弥平次の人情裁き！ 気鋭が放つ書き下ろしシリーズ

祝い酒 柳橋の弥平次捕物噺2
藤井邦夫［著］
岡っ引の弥平次が主をつとめる船宿に、父を探して年端もいかぬ男の子が訪ねてきた。だが、子が父と呼ぶ直助はすでに、探索中に憤死していた……。

宿無し 柳橋の弥平次捕物噺3
藤井邦夫［著］
南町奉行所の与力秋山久蔵の御用を務める岡っ引の弥平次は、左腕に三分二筋の入墨のある行き倒れの女を助けたが……。江戸人情の人気シリーズ第3弾！

道連れ 柳橋の弥平次捕物噺4
藤井邦夫［著］
諏訪町の油問屋が一家皆殺しのうえ金蔵を破られた。湯島天神で絵を描いて商う老夫婦の秘められた過去に弥平次の嗅覚が鋭くうずく。好評シリーズ第4弾！

裏切り 柳橋の弥平次捕物噺5
藤井邦夫［著］
柳橋から神田川の川面に、思い詰めた顔を映す女を見咎めた弥平次は、後を追わせるが…。岡っ引たちの執念が江戸の悪を追い詰める！ 人情シリーズ第5弾